ここはボツコニアン　4

ほらホラHorrorの村

宮部みゆき

JN254188

集英社文庫

使用上のご注意
（作者からのお願い）

・本作品は、確実にこの世界ではない世界を舞台にしていますが、ほぼ確実に正統派のハイ・ファンタジーにはなりません。ご了承ください。
・テレビゲームがお好きでない方にはお勧めできないかもしれません。ご了承ください。
・テレビゲームがお好きな方には副作用（動悸、悪心、目眩、発作的憤激等）が発症する場合があるかもしれません。ご了承ください。
・本体を水に濡らさないでください。
・電源は必要ありません。但し、暗い場所では灯火を点けることをお勧めいたします。
・プレイ時間１時間ごとに、10～15分程度の休憩をとる必要はありません。
・作者がクビになった場合、強制終了する恐れがあります。その際は、全てなかったことにしてお忘れください(泣)。
・本作の挿絵画家は少年ジャンプ+の若手コミック作家なので、あるとき突然ブレイクして超多忙になり、こんな挿絵なんか描いてらんねェよモードに入ってしまう可能性があります。その場合は少年ジャンプ+をお楽しみください。
・セーブする際はページの右肩を折ってください。本体を折り曲げるのは危険です。
・本作は完全なフィクションです。あまり深くお考えにならないことをお勧めいたします。

©SHUEISHA **Here is BOTSUCONIAN** by Miyuki Miyabe

目次

ピノ

〈伝説の長靴の戦士〉に選ばれた12歳の少年。
ピピとは〈双極の双子〉。
ちなみにピノが弟。

［双極の双子とは］モルブディア王国のエネルギー源である魔法石が秘めている二種類の力──解放する〈正〉の力と破壊する〈負〉の力──を持っている双子のこと。一方が正の、もう一方が負の力を持つため、一緒にいると力が引き合ったり反発し合ったりして、大変なことになる。

リュックサック
ピノのリュックには
腹巻きが入っている。

ベスト
怪物を食べた
わらわらが吐いた
糸でできた青たん色のベスト。
着心地抜群。いくつかの
潜在能力が隠されている
らしい。

DATA
◉特徴：眠たがり屋だが、運動神経がよくすばしっこい。
くちは悪いが姉さん想いの優しい一面も。愛読書は「少年ジャンプ」（ピピも！）。
くれるというものはもらうのが信条。
◉弱点：気が散りやすい。お腹の冷え。
◉特殊技：羽扇の軍師ビーム。

羽扇
〈二軍三国志〉の諸葛孔明から
習得した長靴の戦士の最新装備。
超強力レーザー光線である
軍師ビームを放てるが、
出力調整によりクレーム・
ブリュレに焦げ目もつけられる。

長靴
モルブディア王国では、
12歳の誕生日を迎えた
子供の枕元にゴム長靴が現れる
というしょぼい奇跡があるのだが、その長靴が〈当たり〉だと、
〈選ばれし者〉として冒険に旅立たねばならない。これを履いていると、
ボッコニアンの真実が見えてくるらしい。ピノは黒いゴム長。

登場人物紹介
CHARACTERS

「ボッコニアン」の世界

ボッコニアンとは〈ボツネタ〉（＊主にテレビゲームネタ）が集まり成り立っている世界。そんなできそこないの世界をより良い世界にするため〈伝説の長靴の戦士〉として選ばれたのが双子の主人公ピノとピピ。二人の使命は、冒険の中で、回廊図書館の6つの鍵を集め、6冊の『伝道の書』を見つけること。そうすると魔王の居城への道が開かれるという。第一之書を二軍三国志の世界で手に入れた二人は、次はホラーゲームのボツの世界へ！ そこは謎の三角錐頭の住民が支配する村……。負けるな、ピノピ！

ピピ

ピノの双子の姉。
わらわら
(イモムシ的な生き物)の
使役魔法を特訓中。

DATA
◉特徴：強気だけど素直。
声がデカい。
ついでに顔もデカくて、
お月様のような丸顔に
まん丸ほっぺ。
人生の黄金律は
「下着は毎日取り替える」。
好きなものは毛皮。
◉弱点：わらわら。読書。
◉特殊技：わらわらの使役魔法。

ペンダント
双極のエネルギーを中和する。
ペンダントをはずして、
ピノとピピが手をつなぐと
究極の力が！

魔法の杖
わらわらの使役魔法を
使う力を持つ。
わらわらの糸を使った
尾行モードから糸電話モード、
着ぐるみを作ったり
冷凍光線を発動したり
使い勝手アップ中。

赤いゴム長

ポーレ君

根はコスプレ好きの
オタクだが、神代文字が
解読できるなど、
豊富な知識と機転で、
いつの間にか、
ピノピの冒険に
欠かせない
主要キャラの座を
手に入れた。

郭嘉

イケメン天才軍師にして、
大の美女好き。
三国志で有名な
赤壁の戦い以前に
夭折したため
浮遊幽霊として
二軍送りに。
天使の輪っかは
相当使い勝手が
いいらしい。

クレジット

イラストレーション
高山としのり

本文デザイン
坂野公一
welle design

ここはボツコニアン 4
ほらホラHorrorの村

Here is BOTSUCONIAN 4

Miyuki Miyabe

本書は、二〇一四年九月、集英社より刊行されました。

初出
「小説すばる」二〇一三年七月号～二〇一四年四月号

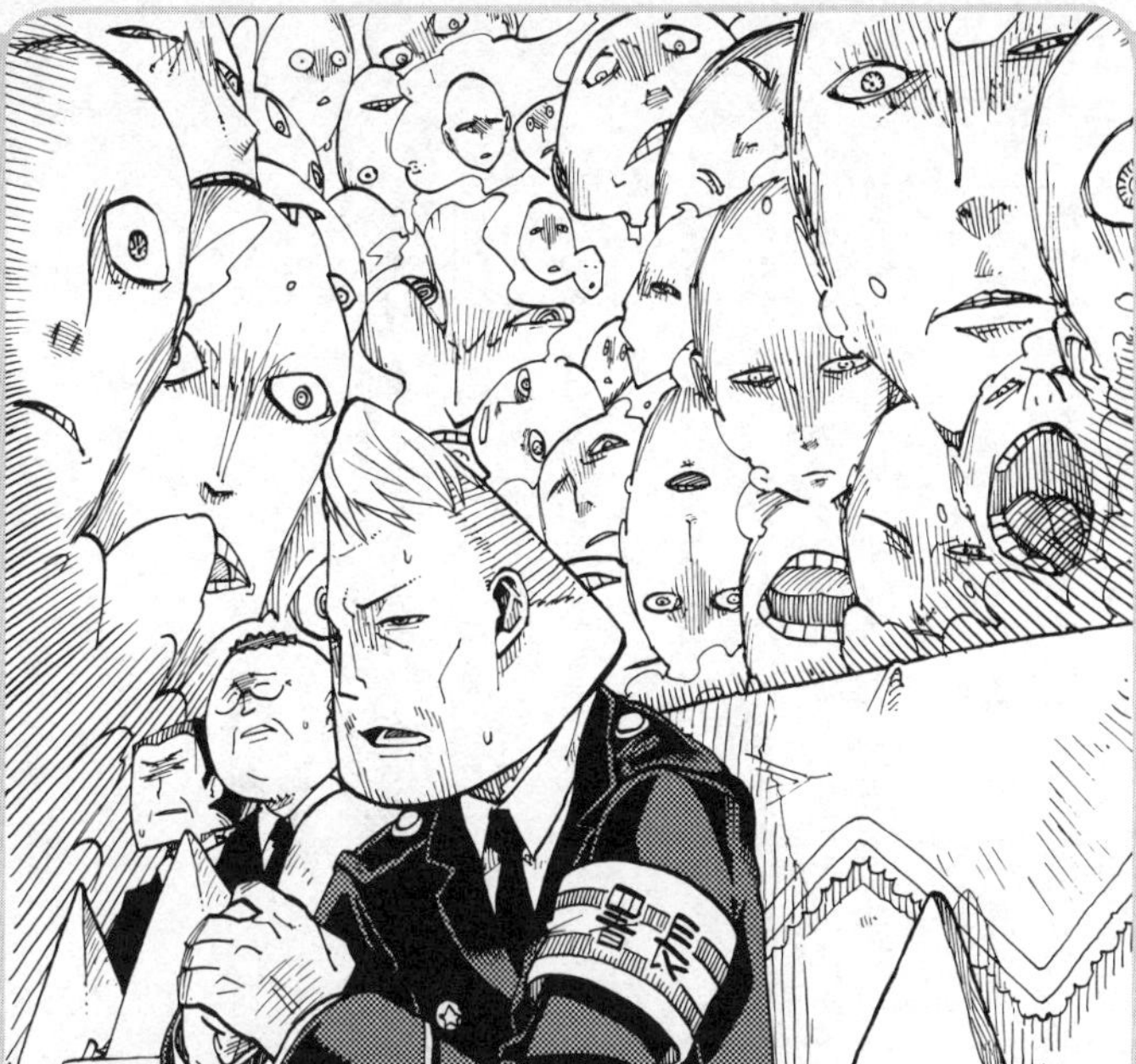

第7章
ほらホラHorrorの村・5

思えば、裴松之《はいしょうし》先生からこんな助言をいただいておりました。

――落ち着いて、もっと相手をよく見ることだ。

三角錐《さんかくすい》頭軍団に出くわすたびに、すぐぎゃあぎゃあ騒いで逃げちゃってたからわからなかっただけで、こうしてしっかり観察してみれば、明らかにあの頭部はかぶり物である。

「でもさ、フツー、頭巾《ずきん》だったら目と鼻のところに穴を空けとくもんだろ？」

「そうですよ。だから皆さんも息苦しくて大変だったんじゃないですか」

ピノピと郭嘉《かくか》とタバサ姐《ねえ》さんは、この市だか町だか村だかの主立《おもだ》った面々と、あの警察署にいる。署長さんの助手がお茶を淹《い》れてくれたりして、応接室でひと息入れたところだ。

「まことにおっしゃるとおりなのですが」

肩章付きの制服の肩をすぼめて、警察署長が頭を掻《か》く。

「少しでも隙間《すきま》があると、〈あれ〉が覗《のぞ》き込んでくるもので……」

「左様でございます」

古風なお返事をするのは消防署長。

「〈あれ〉は、目が合うと集団で襲いかかってきますのでね」

身震いしてうなだれるのは、背広姿のおっさんである。その脇《わき》では、丸首シャツにニッカボッカに地下足袋《じかたび》をはいた日焼け顔のおっさんが、うんうんとうなずいている。この人は消防団の団長だ。

「だから、ワシらみんな、頭巾ですっぽり顔を覆っとったんだ」

名刺をもらって判明したのだが、警察は市警察、消防署は町立で、背広のおっさんは村議会議員。で、消防団は町の組織。つまり、やっぱりここは「市で町で村」なのでした。このボッゲームの制作者、設定を決めないまま、マップを作り込んできちゃったわけなのね。

「なるほどね。しかしその、〈あれ〉と申しますのは」

ふわふわ浮きながら、郭嘉が問いかける。

市で町で村の面々は顔を見合わせて、

「ですから、〈あれ〉です」

「〈あれ〉ですよねえ」

口にするのも嫌そうで、さっきのピピと同じように寒天の顔色になる。

「もしかして、〈湯けむりの郷《さと》〉の大浴場にたむろしてるもののこと?」

ピノがずばり尋ねると、署長さんたちは縮み上がった。

「あなた方も遭いましたか?」

「〈湯けむりの郷〉に入ったのかね?」

「どうしてまたわざわざ」

「ワシらがちゃんと忠告したのに」

へ?

「あたしたち、皆さんに出会うとすぐ逃げちゃってたから、忠告なんて受けてませんよ」

大浴場での遭遇を思い出してしまったのか、一緒になって顔色寒天モードになりつつ、ピピが抗議する。すると警察署長が、ピノが腰につけた無線機を指さした。

「君らがそれを持って行くのが見えたから、我々は何度も呼びかけたのだよ。聞こえなかったかい?」

今度はピノピと郭嘉が顔を見合わせる番である。

「雑音は何度か聞こえてきたけど」

「あと、呪文《じゅもん》みたいな変な声も」

「あなた方が接近してくると無線機が鳴るのだと思っていました」

自治体の面々はうなずいた。

「そりゃそうでしょう。うちの無線装置は老朽化していて電波が弱いんで、近づかないと届かないからね」

「だけど、何か呪《のろ》われたみたいなだみ声で、何をしゃべってるのか全然聞き取れなかったんですよ」

署長さんたち、ちょっと気を悪くしたらしい。

「すみませんでしたなあ、訛《なま》りがきつくて」

そして口々に言い出した。

「すべらばなびだげ」

「ほんがでどだんじょ」

「どだばらあべいが」

それぞれ「もしもし応答せよ」「君たち、ちょっと待って」「危険だからそっちへ行っちゃ駄目」の意味になるそうです。

「マジかよ！」

言葉の長さがつり合っていませんが、深く追及しないでね。

「これでは通じないようだと思ったので、今はこうして標準語でしゃべっとるわけです」

「早くそうしてほしかったなぁ」

ピノピはがっくり。郭嘉はふわふわと苦笑い。で、先ほどから一同のやりとりを見守りつつ、署長さんの助手が出してくれた温泉饅頭《おんせんまんじゆう》を頬張《ほおば》っていたタバサ姐さんが、がぶりとお茶を飲んで、

「そのたむろしてる〈あれ〉っていうのは、要するに幽霊みたいなものなわけね？」

テーブルにどんと湯飲みを置いた。

「そ、そうです」

「君たちも目撃したと」

「湯けむりのなかに潜んでたんだ」

「青白い顔がいっぱい」

タバサ姐さんは、怪しむように片っ方の眉毛《まゆげ》を吊《つ》り上げた。「そんなに怖いの？」

「タ、タバサさんは見たことないから」

「だって、幽霊ならこの彼だって同類よ？」

姐さん、くいと親指を持ち上げて郭嘉を指す。それに親指を上げて応じるところが、さすがは郭嘉、三国志一のチャラ男《お》である。

姐さんはさっと立ち上がり、

「ほら、ほら、スケスケだし」

郭嘉の身体《からだ》に腕をすかすか通してみせる。

「あは、うへ、うふふ、くすぐったいですよ、タバサ殿」

「カクちゃん、くねくねしないで」

署長さんたちもオトコだから、郭嘉のくねくねが羨《うらや》ましいらしい。だんだん鼻の下が伸びてきます。

「いいなあ……あ、いかんいかん！　この方はちゃんと人の形をしてますから」

「いいなあ……お、いかんいかん！〈あれ〉は首から上ばかりなのです」

「いいなあ……え？　ああ、〈あれ〉のことじゃったら、恨めしそうな顔しとるから」

「私は表情豊かな男前ですよ」

さらにくねくねしながらニヤつく郭嘉。

「タバサ殿、もっと下の方も触っていただけると嬉《うれ》しいのですが」

「お金とるわよ」

「あへ、あへ、あへあへあへ」

おお、十二禁ぐらいの微妙なシーンだ。と、いきなりピピが「あ！」と叫んで椅子《いす》から飛び上がった。

「ど、どうしたピピ姉《ねえ》？」

「冗談ですよピピ殿。私はそんなふしだらな浮遊タイプでは」

「充分ふしだらだわよ。これでどう？　ここはどう？　え？　え？　え？」

タバサ姐さんにあっちもこっちもすかすかされて、郭嘉はさらに身もだえ度がアップだ。が、ピピはそんなのどうでもいいわけで、

「あたしたちが連れてきた馬も、三角錐頭になってたんです。〈あれ〉と目が合って襲われないように、皆さんが頭巾をかぶせてくれたの？」

そう、ポッカちゃんのことです。

はいはいと、自治体の人たち。

「森のなかで迷っているのを見つけましたのでね」

ああ、よかった。

「ポッカちゃん、無事なのね。早く見つけてあげなくちゃ」

「馬は警戒心の強い生きものだから、〈あれ〉と出くわさないよう、安全な場所を選んでいるはずじゃあ」

この市と町と村の人々も、〈あれ〉が団体で固まっている場所を避け、なるべくひとところに留《とど》まらないように移動しながら生活してきたのだという。

「つまりあなた方も、まったく戦わずに回避してばっかりいたのね？　ちょっとカクちゃん、サービス終了よ」

ぷいと郭嘉から離れると、

「全員逃げドリだったわけね」

両手を腰に、タバサ姐さんは軽蔑《けいべつ》も露《あら》わに吐き捨てた。

「警察署長と消防署長と消防団の団長さんまで揃《そろ》ってるのに！」

自治体のおっさんたちはへどもどする。

「それはその……」

「私らはＮＰＣ《ノン・プレイヤー・キャラクター》として」

「うろたえて逃げるのが仕事なわけで」

情けない。タバサ姐さんは鼻息も荒く、足元の大きなバッグからあの脚立を取り出して肩に担いだ。

「長靴の戦士君たち、行こう。あたしたちでやっつけよう！」

「はい！」

ピノピは起立して敬礼だ。郭嘉はほんのり顔を紅潮させて、まだ夢心地。

良い子の女子の読者の皆さん、よくお聞き。浮遊タイプになったって、オトコはみんなスケベなのです。


スケベじゃない男なんていない！

「ンなとこを太字にするなぁ！」

いやぁ、作者もこのお話で「あへあへ」なんて書くとは夢にも思わなかったもんで、つい筆が滑ります。

「ピノ君、誰に抗議してるの？」

言って、タバサ姐さんは景気よく両手を打ち合わせた。いい音がした。

「連中が一ヵ所に固まってるなら、話が早いじゃないの。掃討作戦開始よ！」

「いや、ちょっとお待ちください、姐《あね》さん」

警察署長まで姐さんと呼ぶ。

「〈あれ〉は、今のところは〈湯けむりの郷〉に巣くっておりますが」

湿気《しけ》てて暗いところを好むのだそうだ。

「あそこから湧《わ》いてくるわけではないのです。発生源はほかにあるのですよ」

そこを見つけて叩《たた》かなくては、根絶することはできないというのだ。夏場に出てくるあの嫌な虫みたいですね、ぶるぶる。

「発生源って、わかってるの？」

「はい、突き止めてあります」

「わかってて放置してたの？」

またケイベツ的に叱《しか》られる署長さんたち。

「だから我々はＮＰＣで――」

「もう言い訳はたくさん！」

で、どこなんだその発生源は。

署長さんたちは揃って気をつけをした。

「山のなかの秘密研究所です！」

あらまあ。いよいよ、件《くだん》の「B」で始まるゲームみたいになってきちゃったじゃありませんか。


なかなか明けない長い夜のなかを、市で町で村の北側にある山中へ向かって、警察署のヘリコプターが飛んでおります。

よし、出番だタカヤマ！　格好いいヘリコプターを描いてね。『ブルーサンダー』みたいなのをよろしくね。

「こんな田舎《いなか》の警察が戦闘ヘリなんか持ってるもんかい」

ピノの言うとおり。署に一機しかないヘリは農薬散布会社からもらった中古品だそうで、全体にくたびれているし、ローターの回転も鈍っていて、フルスピードにしてもまだ羽根の形が見分けられるほどだ。機上から地上を照らす（ほら、逃走する容疑者を追跡するときなんかのためにね）サーチライトなど、望むべくもないだから。

「いやはや、私もこんな形でお役に立てて非常に鼻が高いです」

カクちゃんが頭上の輪っかをポジション・サーチライトにして、その役割を果たしております。

「助かります。あなた、便利ですねえ」

パイロットの隣席に陣取る警察署長さんが、ローターの回転音に負けじと大声を張り上げる。ロートル機だからこそ、騒音だけは一人前以上なのだ。

「そろそろ近づいているはずですから、注意して見ていてくださいよ。秘密研究所の大部分は地下にあって、地上にはほんの一部の建物と、ヘリポートがあるだけなのです」

「それでは、サーチライトの輝度《きど》をさらにアップいたしましょう」

夜の闇《やみ》を切り裂くカクちゃんの輪っかの光。眩《まぶ》しいほどだ。

「そんなにエネルギーを使っちゃって大丈夫？」

「問題ありません。なぜかわかりませんが、今の私は英気に満《み》ち溢《あふ》れているのです」

はしゃぐ郭嘉の後ろには、脚立を膝《ひざ》に、手首足首を回し指を鳴らしてウォーミングアップしているタバサ姐さん。ピノピはヘリの窓から身を乗り出して、眼下を流れてゆく書き割りのような深い森に目を凝らす。

「あ、あそこ！」

ピピが指さす先、そこだけ深い森が灰色の四角形に切り取られている。フェンスに囲

まれたヘリポートの左側に、マッチ箱みたいな建屋が寄り添っている。

ヘリコプターというよりは、ヘリコプターに似た大型の竹とんぼみたいな機体は、のどかにぷるぷるとヘリポートに着陸した。郭嘉がサーチライトを消しても、あたりはうっすらと明るい。何ヵ所か照明が点《つ》いているのだ。

タバサ姐さんが真っ先に飛び降り、ピノピが続く。郭嘉はふわりと機体から漂い出る。

「では、お気をつけて。我々を呼ぶときは、ここで照明弾を打ち上げてください」

へっぴり腰の警察署長は、またすぐ夜空の上のヒトになってしまった。

「どこまでも意気地無しね」

呆《あき》れ顔《がお》のタバサ姐さんは、脚立を小脇に抱え、ピノピたちを促した。

「あっちにゲートがあるわ。行きましょう」

ところがである。ヘリポートと、建屋へ続く通路を隔てているらしい両開きのこのゲート、金属製で、見るからに重そうで分厚そうで、鍵《かぎ》がかかっているばかりか、

「——溶接されてるよ」

死にものぐるいで防御してる感じです。ここから内部に侵入されないように？　それとも、何かが外部に出ていかないように？

「ちょっと下がってて」

ピノは一人で前に出ると、羽扇《うせん》を取り出し、こほんと咳払《せきばら》い。

「リクエスト、ビームカッター」

リクエスト承認、という返事はなかったものの、羽扇の先端から光るビームがすっと現れる。ゲートに向かって、ピノはそれをひと振り。と、頑丈なゲートの扉は音もなく両断されてしまった。

「すごい！」

ピピが歓声をあげ、タバサ姐さんがどんと蹴飛《けと》ばすと、扉はゆっくりと向こう側へ倒れて、道が開いた。

「ホラね？　伝説の長靴の戦士君、そんなことができるんだから、何も怖いものなんか

ないじゃない」

　建屋のなかは格納庫兼倉庫という感じだが、飛行機もヘリも見当たらず、ただ雑然と工具やタイヤやメンテナンス機器の類《たぐ》いが転がっている。ピノピと姐さんは警察署で借りてきたハンドライトを手に、郭嘉は輪っかを探査灯モードにして、ぐるりと周囲を検分。

「人気《ひとけ》がないね」

「特に荒らされてる様子もねえぞ」

　壁に〈エレベーター↓〉の表示がある。そちらへ進んでゆくと、細い廊下を二度曲がった先に、扉が上下に開くタイプの大型エレベーターが一基。部品がぴかぴかしていて真新しい感じだ。

　ボタンを押すと、ウィーンと音がした。

「電気が来てる。ちゃんと動くわ」

　扉の上部の表示灯が、左から右へと動いてゆく。右端のここ、一階の表示が〈H〉。ヘリポートの意味だろう。左端が〈B5〉だ。

「ワンフロアずつ降りる？　一気にB5まで行く方が手っ取り早いと思うけど」

　気の短いタバサ姐さんだ。

「やっぱり、上の階から順番に探索してみるべきだと思います」

三人プラス一体のなかではまだビビり気味のピピが、〈B1〉のボタンを押す。エレベーターの箱は、いったん軽く持ち上がったかと思うと、がくんと降下した。

「わ！　ベロ噛《か》んじゃう！」

ピノピが慌てて壁にすがると、今度は〈B3〉で急停止。扉が開いた。何と、どうやら〈B3〉を少し通過してしまったらしく、フロアの床がピピの鼻の頭の高さにある。

「見かけ倒しの設備ね。メンテが足りないんじゃないの？」

「ていうか、罠《わな》じゃないのかなあ」

ホラー映画にありますよね。中途半端な高さで停《と》まっちゃったエレベーターの箱から脱出しようとすると、急にまた箱が動き出して、挟まれちゃうってなシーンが。

「どうせなら〈B4〉まで降りた方が安全じゃないかな」

ピピがボタンを押すが、反応無し。そうでしょう、そうでしょう。

「いいわ、あたしが出てみる」

タバサ姐さんがフロアに手をかけたのと同時に、箱とフロアの隙間の暗がりから、あの心霊写真的な顔がぬうっと覗《のぞ》き込んできた。

「きゃあああああああ！」

叫んだのはピピだけなので、濁点はナシです。

「やっぱり罠かよ」

ピノは羽扇を構え、郭嘉が頭の輪っかに両手をあてて身構える。

タバサ姐さんは、はったと心霊写真的な顔を睨《にら》み返すと、ひと言。

「何か用？」

心霊写真的な顔は恨めしそう。

タバサ姐さんは舌打ちし、横を向き唾《つば》を吐いて、さらにひと言。

「うぜぇんだよ」

心霊写真的な顔は目を伏せると、すごすごと後ずさりして消えた。同時にエレベーターがちょこっとだけ動き、箱とフロアの高さがぴたりと合った。

「あれって、ガン飛ばされるくらいで逃げちゃうものだったの？」

やたら怖がって損しちゃったみたいです。

地下三階は、研究室というより事務室みたいで、ぶち抜きのフロアに机やキャビネットがいっぱい。パソコンもそこらじゅうに置いてある。

で、ここは照明が点かない。エレベーターの扉が閉まってしまうと、明かりは三人プラス一体のライトと輪っかだけになった。

「電気が来てたり止まってたり、ご都合主義ねえ」

「こういうお膳《ぜん》立《だ》てなんじゃない？」

机の下やキャビネットの陰、天井の隅。暗闇が固まっているところに、ときどきうごめくものがある。目をやると、あの心霊写真的顔、顔、顔。小グループに分かれて登場だ。さっきのは斥候《せっこう》だったのか。

「今度はオレが試してみる」

ピノはたたんだままの羽扇を持ち上げて、

「リクエスト、ビーム銃《ガン》」

「ピノさん、あなたの羽扇は返事をするようにプログラムされてはいないようです」

「まあ、気分ってもんで」

ピノは心霊写真的顔の小グループに羽扇を向けて、引き金を引く仕草をした。心地よい振動があって、小粒のビームの弾《たま》が飛び出す。連射だ！　心霊写真的顔の小グループの皆さんは、淡雪のごとく溶けて消える。

「ビーム銃なのに、なんで振動するの？」

もっとも至極なピピの疑問に、羽扇はちゃんと答えてくれた。飛び出す光の弾丸が、いちいち律儀に連呼する。

〈カラシニコフ！　カラシニコフ！〉

「わかったわかった」

「面白～い」

目につく範囲の小グループを撃ち尽くしてしまうと、フロアの奥から新しい集団がもわもわと押し寄せてきた。

「羽扇、ショットガンにもなれる？」

ピノは羽扇に問いかけ、今度は両手で羽扇を腰だめに構えて引き金を引いた。どん、とまとまった反動がきた。

飛び出す弾が、宙で散らばりながらまた連呼する。

〈スパス！　スパス！〉

作者が「Ｂ」で始まるあのゲームでさんざん撃ちまくったショットガンであります。

ピノはワクワクだ。何だよ、もっと早く試してみりゃよかった。

「マグナムにもなるかなあ？」

次の集団がもわもわ押し寄せてくる。

「ちょっと待って」タバサ姐さんが羽扇を押さえた。「雑魚《ざこ》にエネルギーを使っちゃもったいないわ」

怪鳥のような雄叫《おたけ》び一発、姐さんの脚立ヌンチャク拳法《けんぽう》が炸裂《さくれつ》した。心霊写真的恨めし顔の集団が、はっきり泣き顔になって逃げてゆく。それを追いかけて姐さんのヌンチャクが空《くう》を切る。

「お見事ですが、しかしキリがありません」

郭嘉が前に出て、気取った手つきで頭の輪っかにタッチした。

「お任せください。リクエスト、ミラーボール！」

「リクエスト承認。ミラーボール」

事務室みたいなフロアが、たちまちディスコのような景色になりました。くるくる回転しながら色とりどりにきらめく光に、心霊写真的な顔、顔、顔は、身の置き所がなくなって消えてゆく。

「さあ、階段を探しましょう」

にぎやかなミラーボールの郭嘉を先頭に、一同は悠々とフロアを横切った。途中で、ゴミ箱のなかに隠れている心霊写真的顔をひとつ見つけて、タバサ姐さんはすかさず脚立ヌンチャクで一撃。容赦ないったらありません。

ピノと姐さんに挟まれて進みながら、ピピは鼻をくんくんさせている。

「何か薬臭くない？　あの心霊写真的顔がパッと消えるときに、煙みたいなものが漂うの。それが臭《にお》ってるみたい」

タバサ姐さんは郭嘉に鼻を寄せ、

「霊って臭うの？」

「とんでもない！　私は体臭も無駄毛もないつるつるすべすべ清潔男子です」

「ピピ姉の言うとおりだ。ホントに臭いぞ」

たった今、郭嘉の頭上で回転するミラーボールの光に射られ、ピノの目の前で消えた心霊写真的顔が、鼻の奥につんとする薬品臭を残していった。

「じゃあ、あれって霊じゃないのかも」

ピピも、ようやく落ち着いて考えられるようになってきた。

「パッと見が霊みたいなだけで、人工的に作られた浮遊物質なのかもよ」

「あんなもんをふわふわ浮遊させて、何の意味があるんだよ」

「一種の生物兵器とかね」と、タバサ姐さんが顔をしかめる。「あたしたち、あんまり積極的にその臭いを吸い込まない方がいいのかもしれないわよ」

そう、なんてったって、ここは怪しげな研究所なのだから。

「いったい何を研究してたんだろ？」

「秘密のものでしょ」

フロアの反対側の端に階段が見つかった。先頭の郭嘉が、ミラーボール状態のまんまで変な声を出す。

「皆さん、これをご覧ください」

この階段、下の〈B4〉には通じているのだが、上の〈B2〉に行くステップがない。

二段ほど上がったところで、そこから先が消えている。

「うん、何もないわ。暗くて見えないわけじゃない。ステップが存在してない」

手を伸ばし、階段だけでなく壁の方まで、タバサ姐さんが確かめる。

「カクちゃんの身体みたい」

姐さんの手は空をすかすかしている。

「つまり、マップがない」

声に出して確認するように、ピピが言った。

「作られていない」

意味ありげに、抑揚をつけて言う。

「だからエレベーターも通過しちゃった。停まるわけにはいかなかった。作られていないフロアだから」

「ピピ姉、どしたの」

「なぜ作られていないのか？」

ピピ、真顔で自問自答して、一人でうなずいた。

「今はまだいいや。ともかく、地下四階に降りてみようよ」

というところで、郭嘉の輪っかのミラーボールの回転が鈍り、急に暗くなってきた。

「エネルギー切れか？」

「ヘリコプターに乗ってるときから、ずっと点けっぱなしだったもんね」

本人というか本体も困っている。「どうしましょう。私の場合、ＭＰを費やしているわけではないはずですが――」

「休まないと補給できないかな？」

口の端っこを鉤形《かぎがた》に曲げて、タバサ姐さんがにやりとした。

「これ、持ってて」

ピノに脚立を渡すと、両手を擦《こす》り合わせながら、舌なめずりせんばかりの喜色を浮かべて、姐さんは郭嘉に近づいた。

「大丈夫よ。あたしが充電してあげる」

すかすかすかすかすか。

「あはは、くすぐったいですタバサ殿、うへへ、もっと下、いえ後ろの方も、あへあへあへあへあへあへあへあへ」

スケベのエネルギー充電中。これ以上描写したくありませんので、以下次節。

第7章
ほらホラHorrorの村・6

チークタイムです。

いきなり何だ？　とご不審でしょうが、今でもあるでしょ？　ディスコやクラブで。作者の感覚、古かったらごめんなさい。なんせ、ディスコなんて行ったのは三十年前のことですからねえ。

さて、ときどき現れる心霊写真的恨めし顔軍団を退治しながら、秘密研究所の地下四階を探索中のピノピ一行。

「タバサ姐《ねえ》さんのおかげで、カクちゃんを充電できることがわかったけど」と、ピピは小さくため息をつく。「これはちょっと、いろんな意味であたしたち向きじゃないね」

照明役を務めているミラーボール郭嘉の放つ光が、妖《あや》しいピンク色なのだ。もちろん、〈あへあへ充電〉だったせいであります。

〈あへあへ充電〉で、本人もまだ〈あへあへ〉の余韻に酔っ払って浮ついている。もともとが浮遊タイプだから、それに輪をかけて浮ついた結果、頭の上のミラーボールが天井にくっつきそうなほど高く浮き上がり、両手を軽く広げて、ゆっくりと回転している。さらに、ムーディな鼻歌をうたっている。

ね？　チークタイムです。

「ピピ姉《ねえ》、カクちゃんを直視しない方がいいよ」

「そうね。何か悪い影響を受けそう」

カクちゃん、目の焦点を失って、涎《よだれ》まで垂らしてます。

さて、地下四階も机とパソコンがいっぱいある事務室だ。どれか一台でもパソコンを起動させることはできないかと、三人で手分けしてパチパチやってみたけれど、全部ダメ。

妖しいピンク色の光に浮かび上がる室内の景色に、タバサ姐さんは目を細くして、

「あっちにトイレがあるわ。ちょっと見てくるから待ってて」

事務室の奥へ行ったと思ったら、すぐ戻ってきた。

「水が出ないわ。電気だけじゃなく、ここでは水道も止まってる」

何か考えているような顔つきだ。

ピノにも少々意見があった。「もしかしたら、あへあへ照明のせいで、オレが勘違いしてるだけかもしれないけど」

上の階より、ここの作りは雑な気がする。

「ザツって？」ピピにはピンとこない。「机もキャビネットもパソコンもコードも、全部同じくらい揃《そろ》ってるよ」

「いや、そういう備品とかのレベルじゃねえんだ。何ていうのかな――全体的に――」

薄っぺらい。

「マップとしての作り込みが足りないっていうか、奥行きがないというか」

「そうかなぁ」

いや、確かに安っぽい。安物を見分けることにかけては、ピノは一家言《いっかげん》あるのだ。カリン母さんに鍛えられていますからね。

「ザコも少なかったし」

「うん、それはそうね」

ここにいた心霊写真的恨めし顔軍団は、三人でもう全て退治してしまったようである。新手が襲来してこないから、静かなものだ。

タバサ姐さんはまだ室内を物色中。おっと失礼、探索中。天井近くに浮き上がったまま、郭嘉もすぐ後ろにくっついて移動している。郭嘉の足が、タバサ姐さんの胸のあたりでぶらぶらする。

「カクちゃん、邪魔」

「はい、失礼いたしましたぁあへあへあへ」

タバサ姐さんは机の上の電話から受話器を取り上げて耳にあてる。

「電話も通じない」

そしてピノピの方に顔を向けると、何だか照れくさそうな笑い方をした。

「あたし、駆け出しだった頃のことを思い出しちゃった」

「は？」

「どういう意味ですか？」

「気にしないで。何でもない」

タバサ姐さんはくるりと背中を向け、すぐ後ろにあるキャビネットを開けようと、手をかけた。

「開かないわ」

ピノピも、手近なキャビネットや机の引き出しを開けてみようとした。こっちも同じだ。

「これ、完全に書き割りね」

両手を腰にあて、またぞろ考え込む顔つきでふふんと息をついたタバサ姐さん。その上方で郭嘉の回転が止まり、ムーディでメロディアスな鼻歌もやみ、ミラーボールの放つ光がもとの色合いに戻った。

「おや？　私はどうしていたのでしょう」

目をしばたたきながら、天井から下がってきていつもの位置に落ち着いた。

「覚えてないの？」

「はい。気絶していたようです」

「というか、トリップしてたのよ」

「ちょうどいいや。もうあの恨めし顔軍団はいなくなったから、ミラーボール引っ込めていいよ」

「かしこまりました」

ああ、目が疲れた。

「本当の話、私はどんなふうにトリップしていたのでしょう？」

ピノがさくっと説明してあげると、郭嘉は腕組みをして深くうなずいた。

「なるほど……。若く麗しい女性にすかすかしていただくと、私は充電できるのですね。しかし、フル充電の直後は〈リビドー暴走モード〉になってしまうわけだ」

たいそうな名称がつきました。

「カクちゃん、気分はどう？」

「とてもいいですよ。総身に力が溢《あふ》れている感じです」

リビドー暴走モードは、あくまでも溢れた〈あへあへ〉を放出するだけで、充電したエネルギーを無駄使いするわけではなさそうだ。

「ところで、エネルギー満タンの私の目には見えるものを、皆さんは見落としておられますね」

そこの床の上に――と、タバサ姐さんが立っているあたりを指さす。

「中途半端に机の陰に隠れて、さもさも意味ありげなファイルが一冊落ちています」

すかさず、タバサ姐さんがしゃがんで拾い上げた。ピノピもそばに駆けつける。

「ホントだ。どうしてさっきは気がつかなかったのかしら」

「あの照明のせいで、オレらみんな気が散ってたんだよ」

紙製の薄いファイルで、表紙には横書きのタイトルが書き込んである。

〈感情の実体化による新種の生物兵器開発に関する報告書〉

タバサ姐さんはファイルを開いた。

「あら、ヤダ」

中身はない。破り取られているらしく、ペーパーの端っこだけがリングに残されている。

「思わせぶりだねえ」

この手のゲームではよくあることでございます。

「感情の実体化」と、タバサ姐さんが呟《つぶや》く。

「新種の生物兵器」と、ピノも呟く。

「どういうこと?」と、ピピは首をかしげる。

「あの心霊写真的恨めし顔の軍団は、生身の人間から特定の感情を抽出し、それを実体化することで作られた生物兵器だったということでしょうね」と、郭嘉が解説。

「あんな恨めしそうな顔になるくらいだから、特定の感情とは、怒りや恨みなどのマイナスの感情でしょう」

喜びや好意や愛情じゃ、兵器にならないものね。あ、ついでに言うなら〈あへあへ〉も。

「そんなものが兵器になるのかなあ」

タバサ姐さんが笑う。「威嚇《いかく》効果は充分あったんじゃない?」

おっしゃるとおりです。姐さんに一喝されるまでは、ピノピも郭嘉も、あの恨めし顔軍団からは逃げまくるばかりだった。

「それに、あいつらはまだ開発段階の未完成体であって、兵器としてはもっと強力なものになるのかもしれない」

ピピが久々に寒天みたいな顔色になった。「ど、どんなふうに強力に?」

「たとえば、敵方の兵士に取り憑《とつ》くとか」

なるほど。深く納得するピノピ。

「あの恨めし顔は人工的に作られたものだったから、やっつけると化学薬品の臭《にお》いがしたのですね」と、郭嘉もうなずく。

「でも、さ」

タバサ姐さんは大股《おおまた》で部屋を横切り、壁に立てかけておいた脚立を持ち上げる。

「あれが生身の人間から作られた実験体なのだとしたら、素材になった生身の人間はどこにいるのかしら」

そう、被験者はどこだ？

脚立を肩に担いで、タバサ姐さんはにやりと不敵に笑った。

「終点の地下五階へ行きましょう」


ピノピも郭嘉も姐さんもそれぞれに、映画的なゲーム的なコミック的な、そして何よりもSF的な、〈最先端科学による悪の実験室〉なるものを想像しておりました。

だがしかし、地下五階で一同を待ち受けていたのは、それ以上のものだった。

いや、〈それ以下〉と言うべきか。

「これ、なぁに？」

ピピだけでなくタバサ姐さんまで、ビックリしたときの女の子らしく頭のてっぺんから声を出して、異口同音に叫んだ。

「これ、何なのよ？」

作者がお答えしましょう。

ワイヤーフレームです。

地下五階の光景は、まだ〈線画〉の状態だった。マップとして完成していないのだ。ここそが実験室で、それらしい設備が用意されているのだけれど、どれもこれも――壁を埋め尽くすフクザツそうな機器類も、ずらりと並んだ大型の培養器も、うねうねと絡み合うコードも、壁も天井も床もみんなみんな、枠組みができているだけだった。

ぽかんと口を開いて呆《あき》れ返る一同のなかで、いち早く立ち直ったのは郭嘉だ。自分自身も実存的な存在じゃないので、こういう非実存的な事態に強いらしい。培養器のあいだをふわふわと進み、実験室最奥部にどんと鎮座している、ひときわ大きな培養器の前へ。

「ここに、何かございます」

ピノピとタバサ姐さんは、ごくりと唾《つば》を飲み込んで顎《あご》を引く。

「何があるの？」

「培養器の横っ腹に、文書が貼《は》り付けてあるのです」

読み上げます――と言って、ひと呼吸おいてから、郭嘉は朗々と声をあげた。

「債権者の皆様へ」

タバサ姐さんが目を剝《む》く。

「たいへん遺憾《いかん》ながら、このたび当社は管轄の地方裁判所に破産申請をし、すべての業務を停止する事態に立ち至りました」

ひと呼吸おいて、ピノピは叫んだ。

「えええええええ〜！」

このホラーゲームの場は、単なるボツの場ではなかった。ゲーム制作会社が資金難で倒産しちゃったので、制作途中で放り出されちゃった未完成ゲームの場だったのです。

「全部、筋が通るわ」と、タバサ姐さんが唸《うな》る。「地下三階よりも地下四階が安っぽくって、ここはワイヤーフレームで」

会社が傾いてゆく経過がよくわかる。

「地下一階と二階は、たぶん、資金が足りないから最初から作らなかったのね」

「市だか町だか村だかはっきりしなかったのも」

「公共施設に固有の自治体の名称がついてなかったのも」

「まだ制作途中だったからなのよ」

来たルートを引き返し、ヘリポートに戻った一同。やっとこさ東の空が明るくなってきた。その空に向かって、タバサ姐さんが照明弾を打ち上げる。

「電気も水道も電話も止められていたのも、制作会社の金欠ぶりを反映していたのよ」

嫌な反映だねえ。

「あたし、駆け出しの頃にはお金がなくって、しょっちゅう電気やガスを止められちゃったの。思い出しちゃった」

だから、あんなことを言ってたのか。

朝焼けのなかを、ヘリコプターがぱらぱらと近づいてきた。だんだんと下降してきて、乗り込んでいる人たちの顔が見えてきた。警察署長さんが手を振って、大きな声で呼びかけてきた。

「君たち、無事でよかったぁ」

いいえ、あなたたちの方は最初《はな》から無事じゃないっていうか。

「実験体の素材にされた人たちも、まだ作られる前だったのかな？」

寒そうに両手で身体《からだ》を擦《さす》りながら、ピピが小声で言う。「だからここには人気《ひとけ》がなかったのかな。その方がいいから、いいけど」

あんなところに閉じ込められ、実験材料に使われた人たちの姿を見るのは忍びないし、おっかない。

「それはどうかな。まだわからないわよ」

ヘリのローターの回転が起こす風に舞い上がる髪を手で押さえて、タバサ姐さんが低い声で言った。

「え？　どういうことですか」

「ともかく、まず引き上げましょう」

ヘリに乗り込み、夜明けの空へと離陸。サーチライトが要《い》らないので、郭嘉も座席についた。

「ねえ、署長さん。唐突ですけど、この市だか町だか村だかって、犯罪が少ないんじゃありませんか」

騒音に負けないよう、タバサ姐さんが大声で尋ねる。警察署長も大声で答える。

「確かに唐突なお尋ねだが、なぜわかるのかね？」

そのとき、ピノにもタバサ姐さんの考えがわかった。

「そっか！　そういうことか」

「やっぱり犯罪が少ないんですね」タバサ姐さんはにんまり笑う。「ここの住民の人たちって、人柄がよくて優しくて親切で、あの恨めし顔軍団に追いかけられて逃げ出すとき以外は、いつも気分が安定してる。ご近所トラブルも酔っ払いの喧嘩《けんか》もなし。たまにスピード違反があるくらい。そうでしょ？」

「そ、そうだが」

「消防署長さん！」と、今度はピノが質問。

「この市だか町だか村だかじゃ、失火はあっても放火なんか一件もないよね？」

「そうだよ。放火なんてけしからんことが存在しないのは、まことに結構じゃないか」

「あ、そうか」と、ピピの理解もここで追いついた。我々の何がいけないのかと、不審そうに顔を見合わせる二人の署長さんたちを横目に、タバサ姐さんとうなずき合う。

そう、ここの住民たちこそがあの恨めし顔軍団のもとになった素材であり、同時に、あいつらによって引き起こされる恐怖や恐慌状態のテスト対象にもされていたのだ。

「署長さんたちには、〈恐怖〉以外のマイナスの感情がないのよ。みんな抽出されて、あの実験の材料にされちゃってるから」

制作会社が倒産する前に、その設定は出来あがってたんだな。

「はあ、とりあえずは謎《なぞ》も解けて、目出度《めでた》し、目出度しですね」

にっこりして、郭嘉が頭の輪っかを消した。


警察署に帰還し、主立《おもだ》った人たちに説明を済ませると、署の食堂に移って、みんなで賑《にぎ》やかに朝ご飯を食べることになった。お味噌汁《みそしる》に白いご飯に漬け物に焼き魚に卵焼き。署長夫人たちの心づくしだ。この市だか町だか村だかの設定にふさわしい、ジャパニーズな朝食である。

「そうすると我々は、もうあの幽霊みたいな集団に襲われることはないのだね？」

「うん。オレたちがみんな蹴散《けち》らしちゃったからね」

森がじわじわと枯れていったのも、化学的に合成された生物兵器だった恨めし顔たちが、何らかの毒性物質を分泌していたからだろう。

「しかし、ワシらはこれからもずっと、怒ったり恨んだりするマイナスの感情を失ったままなのかねえ」

消防団の団長さんは、箸《はし》を持ったまま首をひねる。

「みんなが仲良く暮らしていくにはその方が都合がいいが、人間としては不自然な気もするんじゃ、ワシは」

「感情も人間のエネルギーが生むものだから、そのうち元に戻るんじゃありませんか」

あへあへしなくても、自然回復だ。

一同がお腹《なか》いっぱいになり、署長さんたちがお茶を飲みながら楊枝《ようじ》を使っているところに、こういう形での充電は必要がないから席を外していた郭嘉が、ふわりと戻ってきた。

「ピノピさん、ちょっと」

「なぁに？　これからデザートに果物が出るんだって」

郭嘉は思案顔で囁《ささや》いた。「この市だか町だか村だかの謎が解けたのは、まことに結構で目出度いのですが」

我々はこれでいいのでしょうか。

「長靴の戦士としての役割は、まだ果たせていないのではありませんかね」

言われてみればそうかもしれない。

ピピが食堂の天井を仰いだ。「鍵《かぎ》も扉も降ってこないもんね」

「そうです。つまり我々は、まだこの〈場〉をクリアしていないのです」

だって、エリアボスを倒していない。それどころか遭遇してさえいない。

「オレ、根本的な疑問に気がついた」

律儀に挙手をしてから、ピノが発言する。「そもそも、ここにはエリアボスがいるのかな」

エリアボスを造形する以前に、会社、倒産しちゃったんじゃない？

「そうですよね」と、郭嘉もうなずく。「ここのエリアボスはどのような存在であるべきだと思われますか？」

「そりゃあ、生物兵器の製造会社でしょう」

「ならば、モンスターではありませんよね」

ビジネスマンとか科学者ですね。

「そんなキャラ、今まで会ってませんよね」

「いないよな、うん」

「いなければ倒せません。エリアボスを倒せなければクリアできません」

回廊図書館の第二の鍵はゲットできず、扉も現れない。

う〜ん、と三人で唸ってしまった。その様子に気がついたのか、タバサ姐さんがコーヒーカップを手にぶらぶら近づいてきた。

「君たち、どうしたの？」

ピピが事情を説明する。タバサ姐さんはコーヒーを飲みながら聞いている。後ろから警察署長さんが、

「お〜い、デザートの柿《かき》を剥いたよ。この山の柿は甘くて旨《うま》いよ」

いいヒトたちだなあ、ホント。

「ねえ、君たち」

タバサ姐さんが、郭嘉をすかすかしたときみたいに、舌なめずり的な笑い方をした。

「エリアボスがいないなら、作っちゃったらどう？」

へ？

「それらしい設定をして、作っちゃうのよ。それから倒せばいい」

「つ、作るって、どうやって？」

「君たち、伝説の戦士なんでしょ。それぐらいの力は持ってるんじゃないの？」

あなた任せである。

「筋書きなら、あたしが考えてあげる」

タバサ姐さんに任しといて。ちょちょいのちょいよ！

「困ったときには異次元を出せばいいのよ」

何て安易なことを言うのでしょう。

「え〜とね、あの秘密研究所を造ったのは某大国の軍産複合体の軍人と科学者たちでね、実験に夢中になっているうちに、ついうっかりエネルギー培養器を暴走させて、異次元に通じる穴を開けちゃったの」

作者がときどき書くSFものよりいい加減であります。

「その穴から、異次元の怪物が秘密研究所に攻め込んできたのよ。科学者たちが慌てて穴を塞《ふさ》いだんだけど、怪物はやたら強くて、結局はあそこにいたヒトたちはみんな食べられちゃったの」

で、異次元の怪物だけがど〜んと残って、研究所に居座っている、と。

「それを君たちが退治するの。どう？」

どうもこうも、手垢《てあか》まみれのオハナシですが、それだけに単純でわかりやすい。

「あとは、この設定から怪物を造形するだけよ。簡単ね」

ちっとも簡単じゃない。ピノピは怪物のモデリングなんてできないし、絵も描けない。

ちらりと郭嘉を見遣《みや》ると、

「全知全能の私ですが、あいにく絵心だけは欠いております」

全能じゃないじゃんか。

ここで、ピノがはっと閃《ひらめ》いた。「何だ、そうか」

ピピの前に手を突き出す。「ピピ姉、チケットちょうだい」

「チケット？」

「忘れちゃったのか？〈教えて裴松之《はいしょうし》先生チケット〉だよ。エリアボスを造形する方法を教えてもらうんだ！」

そうです。こんなときこそ使うべきもの。

チケットを手にしたピノは、なぜかしらそわそわクネクネして、こんなことを言い出した。

「あのさ、今回はオレ一人に任せてくれない？　裴松之先生とサシで相談したいんだ」

「どうして？」

「羽扇《うせん》の威力を最大に活かして倒せるようなタイプのモンスターを造形したいんだ」

タバサ姐さんが好意的に笑《い》う。「カッコいいとこを見せたいってわけね」

「そうじゃないよ！　羽扇の性能を試してみたいんだ。ホントだって」

ま、いいでしょう。ピピも郭嘉も承諾した。

「じゃ、オレちょっと行ってくる」

警察署のトイレに行き、個室に入ってドアを閉め、チケットを掲げ、

「教えて、裴松之先生」

「リーチ！」

まだやってます、麻雀《マージャン》。

「何だね、いいところで呼び出して」

しかもトイレだ。お声が不機嫌そうであります。

「先生、相談があるんだ」

ひそひそごにょごにょ。裴松之先生のアドバイスは、ごくごく簡単明瞭《かんたんめいりょう》。

「無理に造形せずとも、そなたの要望にかないそうなありものモンスターを召喚すればよろしかろう」

「どうやって？」

またひそひそごにょごにょ。ピノの頭の上に、郭嘉の輪っかみたいに電球マークが灯《とも》

りました。

「そうか！　わかったよ、早速やってみる」

トイレを飛び出し、警察署からも出て、朝日を浴びながら市だか町だか村だかのなかを駆け抜けてゆくピノ。どんな秘策を授かったのか、以下は次節ということで。

第7章
ほらホラHorrorの村・7

ズズン！

冒頭からオノマトペ。効果音とお考えください。

軽やかに駆け出してどこかへ行き、何をしてきたのか速やかに帰ってきたピノ。またお腹《なか》が減ってしまいました。

すると、ゆっくり食後のお茶を飲んでた消防署長さんが、嬉《うれ》しそうに指をぱちんと鳴らして、

「じゃあ、余っている飯で味噌《みそ》おにぎりをこしらえてあげよう」

この市だか町だか村だかで醸造している赤味噌はたいそう美味なのだそうです。

で、誰かに「つくって」と命令するのかと思えば、自らエプロンをかけて食堂の厨《ちゅう》房《ぼう》にお入りになる。消防団の団長さんも一緒だ。

「ワシは、味噌おにぎりには一家言《いっかげん》あるんじゃ！」

できあがった味噌おにぎりをぱくついているところに、冒頭のオノマトペを必要とす

る現象が発生したわけです。

「地震かな？」と、ピピがまわりを見回す。

若干、床が揺れました。

おにぎりにかぶりついているピノは気づいちゃいねえ。

「ピピ姉、味見してみない？　ホントに旨《うま》いよ。おにぎりに味噌をつけて、ちょっと炙《あぶ》ってあるんだ」

そこへまた、**ズズン！**

魔法の杖《つえ》を取り出して警戒態勢をとろうとするピピ。ピノはほっぺたにご飯つぶをくっつけて、にんまり笑った。

「早いなぁ。もう来たよ」

エリアボス。タバサ姐《ねえ》さんのアドバイスを容《い》れ、裴松之《はいしょうし》先生のご指導に従って、ピノが召喚したのであります。

「ホント？　召喚ってどうやったの？　裴松之先生はどんな方法を教えてくれたの？」

「えっへっへ」

悠々と味噌おにぎりを食べ終え、おしぼりで手を拭《ふ》くと、

「ンじゃ、行こうかピピ姉」

「行くって、どこへ」

「温泉街」

　ピノ、さらにしたり顔であります。

「ピピ姉、覚えてる？　温泉街の旅館やホテルの入口に黒板があったろ」

〈歓迎　○○様〉の黒板であります。

「あの黒板に、モンスターの名前を書き込んだんだ。それで召喚できるって、裴松之先生が教えてくれた」

　なにしろ〈歓迎〉してるわけですから。

　ピピは感心していいのかバカにしていいのか、微妙な判断に迫られた。

「裴松之先生って――」

　信用していいんだろうか。

「国士無双テンパってるところへ声をかけたから、ちょっと不機嫌だったけど」

「まだ麻雀《マージャン》やってるの、あの人たち」

　判断を保留して、呆《あき》れることにしました。

「どんなモンスターの名前を書いたの？」

「行ってみりゃわかるって。前に戦ったことがある相手。今のオレらには、ちょろいもんだよ」

「じゃ、カクちゃんを呼んでくる」

食事という形式のエネルギー補給が不要な郭嘉と、「もうお腹いっぱい」のタバサ姐さんは、警察署長さんの案内で署内を見学しているのである。

「いいよ、いいよ、カクちゃん抜きで。オレらだけで楽勝だってば」

そこへ制服巡査が一人、慌てた様子で食堂に飛び込んできた。

「署長はおいでですか？　温泉街に不審な震動と騒音が」

「あ、了解了解。オレらに任せてちょうだいね～」

ひらひらと手を振って出かけようとするピノに、巡査は不安そうな目を投げた。

「温泉街の方向から、魚が腐ったような悪臭が漂ってくるという通報も受けているのですが――」

「そ。あいつ、臭《にお》うんだ」

あいつ？　ピピは小首をかしげる。まだそんなにいろんなモンスターと戦ったことがあるわけじゃないけど、どいつもこいつもあんまり清潔じゃなかったから、臭いという条件だけだとみんなに当てはまりそう。

とにもかくにも、温泉街へと駆けつけたピノピ。最初に来たときは余裕がなくて気づかなかったけれど、旅館やホテルが立ち並ぶ道筋の入口に、〈湯けむりロード〉という横断幕が張ってありました。

その横断幕に、何だか汚らしく濁った黄色い粘液がべっとりくっついて、ぽた、ぽたと滴っております。

「ゲェ、臭い」

ピピが鼻をつまんだそのとき、前方右手の木造三階建て古民家風旅館の瓦《かわら》が、強風にあおられたみたいにべりべりっと剝《は》がれて宙に舞い上がった。

「お！」

戦闘態勢。魔法の杖を構えるピピ。ピノがずいと一歩前に出た。

「ここはオレに任せといてって言ったろ」

天井が抜けた古民家風旅館をめりめりとなぎ倒しながら、濁ったような黄色い肌をぬらぬらと光らせて、巨大な怪物が現れた。

「うわぁ、こいつ」

ぬめぬめぐちょぐちょしていて、触手がいっぱい。その触手には無数の顔がくっついていて、何やら甲高い声で叫んだり喚《わめ》いたりしている。

「な？　見覚えあるだろ」

王都の迷宮で戦った、クトゥルー系の巨大モンスターだ。白目の血走ったどでかいひとつ目が、ぴたりと焦点を合わせてピノピを見た。

ピノは満面の笑みで羽扇《うせん》を抜き放つ。

「リクエスト、ライトサーベル！」

羽扇がまばゆい光の剣《つるぎ》に変わる。ピノは雄叫《おたけ》びをあげて突進。

「はいやぁ〜！」

「それって馬を駆るときのかけ声だと思うんだけど」

なぁんて、ピピが余裕の呟《つぶや》きをしちゃうほどに、勝負は一瞬、一撃でついてしまった。

ピノの脳天唐竹割《からたけわ》りを受けて、ねちょねちょモンスターは真っ二つ。

「ひゅ〜、気持ちいい！」

さらに横一文字に斬《き》り裂いて、本体を四分の一に。うねうねしている触手も、ジャンピング移動しながら右へ左へと斬り捨ててゆく。

ピノのスピードがあんまり速いので、ピピの目には光の残像しか見えない。

——強くなってる。

魔法使いと違って、実戦に出ないと成長の度合いがわかりにくいけれど、ピノは確かに戦士としてレベルアップしている。

「これでおしまい！」

スパン！　ラスト一本の触手を斬り落とす。不格好な果実みたいに生《な》っている顔・顔・顔が沈黙して目を閉じる。ピノはちょっと汗ばんで、ピピの脇《わき》に着地した。

「お見事でした」

「いやぁ、軽い軽い」

ライトサーベルは羽扇に戻った。

「さて、鍵《かぎ》はどこだ？」

「臭くてヤダなあ」

回廊図書館への扉も現れるはずだ。頭上注意モードにならなくては。

みしり。

いい、いい。

ピノが解体しちゃったモンスターの肉片の山が動いた。

ズズン。

地面がかすかに揺れる。

ピノピは周囲を見回す。肉片の山と化してもまだモンスターは臭い。湯けむりと混じって、いっそうヘンテコな臭いとなり、鼻がきかないばかりかピピは戻しそうになる。

「ねえピノ、あたし思い出したんだけど」

「ん？」

「ハンゾウさんたちと一緒に戦った王都のモンスターは、頭が三つあったよね？」

そう、実質的には三体いたわけで、だから〈クトゥルー系の皆さん〉だった。

「同じものを召喚したんなら、あと二体残ってるんじゃない？」

「でもオレ、そんなふうに具体的に書いたわけじゃないよ。ただ〈クトゥルー系モンスター〉って書いただけだ」

単数のはずだ。〈モンスターズ〉とは書かなかったんだから。

「でも――」

ズズン。温泉街全体が震動した。そして、破壊が始まった。

一ヵ所ではない、いっぺんに複数の瓦屋根がめくれる。ガラスが割れる。壁が壊れる。建物が傾《かし》いで崩れてゆく。

めきめき、にょきにょき。巨大な影が次から次へと現れて、ピノピの前に立ちはだかる。二人はぽかんと口を開けて見上げるばかり。

何だ、この数は。

てらてら、ぬめぬめ、ぐちょぐちょ。触手がいっぱい、目玉もいっぱい。視界を塞《ふさ》ぎ、天を覆う巨大モンスターの群れ。

「ちょっと、いったいぜんたいどうなってるのよ！」

ピピの抗議の叫びを耳に、ピノはとても大事なことに思い至った。

「ごめん、ピピ姉」

黒板に書き込むとき、うっかりしていた。

「何をどううっかりしたの？　やっぱり余計なこと書いたんでしょう！」

「違うんだ。余計なことは書いてない。消さなかったのがまずかった」

そう、消しませんでした。

「何を？」

ピノは、ごくりと喉《のど》を鳴らした。

「黒板の〈御一行様〉」


〈いっこう 一行〉

一緒に行動する人びと。

――ＤＳ楽引《らくびき》辞典

「〈御一行様〉は、その丁寧な表現だ」

「そんなこと説明してる場合か！」

クトゥルー系モンスター御一行様の降臨に、温泉街はもうめちゃくちゃだ。ピノピはとにかく、横断幕のところまで後退した。

「オレたちだけじゃ、多勢に無勢で太刀打《たちう》ちできないよ。警察に応援を頼もう」

「武装ヘリの一機も持ってない警察だよ。あてになんないよ」

なんてクサしていたら、件《くだん》のヘリコプターの飛行音が聞こえてくるではありませんか。

「長靴の戦士君たち～」

拡声器の声は、タバサ姐さんだ。

「怪物はこっちに任せて〜！　早く逃げて〜！」

任せろったって、どうするんだ？

「脚立ヌンチャクじゃ無理な状況だって、わかってないのかな」

すると今度は郭嘉の声が聞こえてきた。

「私にお任せくださ〜い」

拡声器を通しても、声が潰《つぶ》れたようにくぐもっている。もしかすると、秘密研究所へ行ったときと同じポジションを取っているのではないか。

「何をする気なんだろ」

ピノピは顔を見合わせる。

ヘリはどんどん近づいてきて、今ではほとんどピノピの頭上だ。安っぽい塗装が剝げかかっている機体の下っ腹が、きらりと光った。郭嘉の頭上の輪っかの光だ。やっぱり、あそこから頭を出している。

「郭奉孝《かくほうこう》、参ります！」

「カウントダウン開始！」

また姐さんの声に戻った。

「３！」

「ピノ、こっち来て」

何を察したのか、ピピがピノの腕をとって引き寄せ、魔法の杖を構えた。

「２！」

「わらわらの天蓋《てんがい》！」

たちまちわらわらのベールが出現し、ピノピピを包み込む。

「１！」

そしてタバサ姐さんはとんでもない命令を発した。

「三国志一いい男波動砲、発射！」

次の瞬間、ヘリコプターの下っ腹から、目も眩《くら》むような強烈な光の帯が迸《ほとばし》った。

それっていったい何のこと？　というまっとうな疑問も、温泉街の瓦礫《がれき》とモンスターの群れと共に一瞬で消滅。わらわらの天蓋の内側にいても、とっさにピピは手で目を覆い、ピノは全身でピピを庇《かば》った。天蓋の内側も真っ白な光に満たされる。

「やった、成功よ！」

タバサ姐さんの歓声が聞こえる。

「すっごい！　これこそ究極の大技だわね。見て見て、波動砲のエネルギーが通ったところが、まるで均《なら》したみたいに何にもなくなっちゃって――」

拡声器にざざざと雑音が混じった。

「カクちゃん、どこ行ったの？」

わらわらの天蓋を引っ込め、ピノピは外に出た。クトゥルー系モンスター御一行様の痕跡《こんせき》は、焼け跡にかすかに漂う異臭のみ。

ホント、究極の破壊兵器だ。ちょっと震える足を一歩踏み出すと、カチリ。長靴の裏に硬い感触が。

「鍵だ」

ミッション、クリアであります。

「あれはつまり、カクちゃん固有の自爆技ってことね」

跡形もなくなった温泉街へ、ピノピと、ヘリから降り立った姐さんと署長さんたち。

「あの頭の輪っかで波動砲が撃てる」

「でも、一発撃っちゃうと、その戦闘ではカクちゃんは離脱しちゃうと」

郭嘉、発射直後に姿を消してしまいました。まさに消失。影も形もナシ。

「その戦闘だけの話なのかな。もう永久に戻ってこなかったりしてな」

さくさく話しているピノとタバサ姐さん。一人だけ、ピピが心配そうに顔を曇らせているので、署長さんたちは慰め顔だ。

「そもそも彼は幽霊なんだから」

「そうそう、消えたって、また夜になれば出てくるかもしれない」

「でも、あんな強いエネルギーを放出しちゃって、カクちゃん、もうあの姿を保つことができなくなっちゃったのかもしれない……」

あ、それは大丈夫と、タバサ姐さんが請け合う。

「波動砲のエネルギーは、外から補給したものだから。彼、発射の衝撃でどっかへ飛ばされちゃっただけじゃないかしら」

補給。その言葉にピピが鋭く反応すると、なぜかしら署長さんたちが目を逸《そ》らした。

「署内見学をしているあいだに補給したんですか」

「うん、そうよ」

「タバサさん、また、あの」

あはは と姐さんは笑う。「あたしはあへあへしてないよ。見てただけ」

見てた? 何を。

「あのね、この警察署には——」

「待った待った待った! ちょっと待った」

額に冷汗を浮かべて署長さんが割り込む。

「先に説明しておくけれど、私の趣味じゃないからね。制作者の趣味だから。私には選択の余地がなかったんだからね」

ピピはじいっと署長さんの顔を見て、それからタバサ姐さんに視線を移した。

「どんな趣味なんですか」

姐さんはあっさりバラした。「ミニスカポリス」

この警察署に勤務する制服婦人警官は十名いるのですが、全員若くて美人で、出るところはばっちり出っぱってて、引っ込むべきところはちゃんと引っ込んでいる、〈ボン、キュッ、ボン〉のナイスバディ＋ミニスカートなのだそうであります。

「巨乳よ、巨乳」

かの「乳揺れビーチバレー」の登場人物たちと遜色《そんしょく》ないほどの容色の持ち主ばかりだというのです。あ、ちなみにこのビーチバレーゲームの正式名称は、『デッド・オア・アライブ・エクストリーム・ビーチバレーボール』といいます。

興味のある方はご覧になってみてください。タカヤマ画伯もよろしくね。乳揺れ、描いていいよ。ぶるんぶるん。

「あら、そうですか」

ピピは低音で呟き、また署長さんたちをじろりと見た。〈氷の哄笑《こうしょう》〉を発動したみたいに、あたりの気温が下がる。タバサ姐さんが笑顔で宥《なだ》める。

「制作者の趣味だったんだから、勘弁してあげなさいよ」

「ンなことばっかりに血道を上げてるから、倒産しちゃうんですよ」

カクちゃん、署内見学のあいだに彼女たちと遭遇し、

「婦警さんたちも、カクちゃんハンサムだし紳士だし、口が巧いし、みんなファンになっちゃって。こういう閉鎖的な市だか町だか村だかには、それでなくても他所者《よそもの》は新鮮なんでしょうね。きゃあきゃあ騒いじゃって、盛り上がること盛り上がること」

で、十人がかりの大サービスで、あへあへしたというわけでした。

「心配しなくても、カクちゃんならそのうちまた現れるよ。それより」

ピノはピピを促した。

「ピピ姉、オレたち少し離れよう」

そろそろ扉が降ってくる頃合いだ。

「そうだね。皆さん、あたしたちの用が済むまで、しばらく近寄らないでくださいね」

どこもかしこもきれいさっぱり更地になっている。どういうわけか無事だったスリッパが散乱しているのがシュールな眺めだ。

「さあ来い」

「エリアボスは倒したわよ」

青空を仰ぐピノピ。

ズズン！

地面が持ち上がり、左右に分かれて吹っ飛ばされました。

「何だってンだよ！」

回廊図書館への扉、今回は地下から登場。

「スピルバーグの『宇宙戦争』みたいじゃねえか」

あの映画、たいそう怖くて作者は何度も観《み》ているのですが、どうしてトライポッドが地下から現れたのか、今ひとつよくわかりません。遠い昔、人類がまだ繁栄する以前に、あの侵略者たちが地球を訪れたことがあり、いつか必要になるだろうと、埋めていったということなのかしらん。

でも、そんなに昔から埋まっていたものなら、錆《さ》びたり壊れたりしなかったのかしら。人類も、どうして気づかなかったの？　どっかの大都市で、地下鉄を造るとき掘り当てちゃってもよさそうなもんですが。

回廊図書館入口の扉を開けて、

「こんにちは」

三度目の来訪で見慣れてきたお部屋。机の前で、大きな三角錐頭《さんかくすい》と小さな三角錐頭が振り返った。

「ぎゃあああああああ！」

逃げ出すピノピ。もう入口の扉は開かない。背中をへばりつけてへっぴり腰。

「何をそんなに驚いておられるのですか」

小さい三角錐頭が頭巾《ずきん》を取って、トリセツが現れた。大きい三角錐頭は、羊の司書だ。

「何でそんなもんかぶってンのよ！」

トリセツは羊司書に笑いかける。「図書室のお掃除をしていたのですよ。わたくしはお手伝い。これだけたくさん本があると、埃《ほこり》が溜《た》まりますすねえ」

三角錐の頭巾は埃除《ほこりよ》けでした。

「まぎらわしいことすンな！」

前回同様、用のあるところに扉が現れ、用のあるところにしか行かれず、そして現れたのは二冊目の『伝道の書』。「第二之書」でございます。

また、ページが開かない。

「わかったわかった、もうわかった！」

ピノはひとしきり地団駄を踏み、それから投《な》げ遣《や》りモードでため息をついた。

「ボツに戻るとページが開くようになるんだろ。で、何が書いてあるかっていうとさ。オレにだって見当がつくよ」

「第一之書」は〈ボ〉でありました。

「今度は〈ツ〉なんだろ？　ピピ姉、もうこんな手間のかかることやめよう。どっかそのへんで白い本を買って、順番に〈コ〉〈ニ〉〈ア〉〈ン〉って書き込めば用が足りる！」

「現実はそれほど甘くはございませんよ、長靴の戦士」

トリセツが妙に澄ました声を出すので、ピノピは久しぶりにまともにこいつの顔を見た。

しげしげと見つめた。

探るように見つめた。

「トリセツ」と、ピピは尋ねる。

「はい、何でございましょう」

「少し太った？」

ケンドン堂の黒糖ドーナツの食べ過ぎだ。

「では帰還いたしましょう。ポージーさん、ひとまずおいとまいたします。ごきげんよろしゅう」

トリセツは司書の羊に葉っぱを振って、上機嫌で入口の扉へ向かう。

――ポージーさん？

羊司書が、どこかの王室の人みたいに上品に手を振り返している。彼（だよな？）の名前がポージーなのか。

ピノ、ちょっと胸に手をあてて思案する。

ポージー。どこかで聞いた覚えがある名前なのだった。

サブイベントその2
カイロウ図書館

ほらホラ Horror な市だか町だか村だかを無事クリアして、行方不明だったタバサ・サンも救出（したのかされたのか微妙）、アクアテクへ帰還したピノピは、まず〈国際日報〉で大歓迎を受け、ついでにその場で取材も受け、トランクフードサービスへ帰ると、ポーレパパとママが準備を整えて待ち受けていて、大宴会へと突入。宴席の頭上には賑《にぎ》やかな手作り横断幕が翻《ひるがえ》ります。

〈お帰りなさい長靴の戦士たち〉

〈第二之書ゲットおめでとう！〉

「手回しいいなぁ」

「君たちが成果をあげて戻ってくると、トリセツさんが来て教えてくれたからね」

で、当のトリセツの姿は見えない。美味《おい》しいものがある場所にいないなんて、あいつにしては珍しい。ま、いいけど。

飲んだり食べたり笑ったりしゃべったりして大いに楽しみ、ずいぶん経《た》ってから、

「あれ、ポーレ君は？」

友達がいのないピノピでありますた。

「あの子なら、ずっとブント教授のお宅に泊まり込んでいますのよ」

助手として教授と生活を共にしつつ、研究室に通っているのだそうだ。

「ピノ、あたしたちも行こう」

浮かれ騒ぎから我に返って、ピピがピノの手を引っ張った。

「早く『第二之書』も解読してもらおう！」

学究の徒《と》二人組は、教授宅にいました。ついでながら、いつか〈氷の微笑〉がノーパンで落書きしていった窓ガラスは、あのとき割れたまんまで、まだほったらかし。

「お帰りなさい、ピノさん、ピピさん！」

大喜びで迎えてくれたポーレ君。しかしピピは思いっきり顔をしかめて鼻をつまんだ。

「――臭いよ」

解読と研究に夢中で、ずうっとお風呂に入ることを忘れているらしい。教授の方も髪はぼさぼさ、無精髭《ぶしょうひげ》だらけ。そういえばこのヒト、前からこういうヘキがあったんだっけ。

「二人してこんな状態だってことは、ミンミンは留守なんだな？」

「ああ、ダンススクールの合宿に行っているからね」

「今度はまともなスクールなんでしょうね」

第二之書を見せるより、まずこの二人を清潔にするのが先だ。ついでに屋敷のなかも掃除しなくては。台所には洗い物が山積み、そこらじゅう埃《ほこり》とゴミだらけ。

「しょうがないなあ、もう」

ピピはわらわらたちを総動員。力仕事はピノも手伝う。羽扇《うせん》のレーザービームを使い、割れ残った窓ガラスをきれいに落とし、うっかり触っても危なくないように、縁を丸めるという小技も見せた。ガラスは失《な》くなっちゃったけど、アクアテクは気候がいいので当分は大丈夫だろう。

ブント家の風呂場からは、湯船につかっていい気持ちの教授の渋い歌声が響いてくる。節回しが独特だ。

「旅ぃゆけばぁ〜 駿河《するが》の国にぃ 茶の香り〜♪」

（このあまりにも有名な一節《ひとふし》、虎造節《とらぞうぶし》保存会のご厚意で、フリーで引用させていただきました。ありがとうございます。作者は最近、ラジオで廣澤《ひろさわ》虎造の『石松三十石船《いしまつさんじっこくぶね》』の録音を聴き、名人の名調子にあらためて感動した次第でございます）

台所の冷蔵庫のなかには、トランクフードサービスからの差し入れらしい、パック詰めの食料品がいっぱいあった。それを温めたり焼いたりして風呂上がりの二人に食事をさせ、人心地《ひとごこち》がついたところで、ようやく本題へ。

「おお、第二之書！」

欣喜雀躍《きんきじやくやく》して踊りまわる学究の徒二人組。

「ところで、第一之書の方は——」

「もちろん、解読できている」

「僕たち、今後の解読の役に立つ辞書も作成したんですよ！」

というわけで、第二之書の解読は、ピノピがテーブルの上の残り物を片付けているうちに済んでしまった。安直というなかれ。人は学んで進歩するものでございます。

「第二之書の方は大急ぎで書き写したから、字が汚くてすみません」

ポーレ君は恐縮するけれど、何のなんの、ピノの字よりよっぽどきれいである。

きちんと束ねられた草稿の表紙に目を落とし、ピピが小声で読みあげる。

「第一之書　人を従え意のままに操る術」

走り書きの方を、ピノがはっきりと読みあげる。

「第二之書　人の心を身体《からだ》から取り出す術」

ピノピは顔を見合わせ、ブント教授とポーレ君は同じリズムでうんうんとうなずいている。

「人を従え意のままに操る——〈氷の微笑〉は、魔王に操られてるって言ってたよな」

「うん。ミッションに失敗したから消されてしまうって、怖がって泣いてた」

人の心を取り出す術の方は、ほらホラ Horror な市だか町だか村だかの秘密研究所でやっていた実験そのものである。

「一応、これまでのお話に沿ってるのね」

ピピのほっぺたが強張《こわば》っている。

「二軍三国志の人たちとは関係がなくてよかった。もしもここに、『人を一軍と二軍に分ける術』なんて書いてあったら、あたし泣きそう」

「それがその……」

ブント教授が困ったように髭をいじくる。

「第一之書の後ろ、『増補』の部分に、まさにその術の記述があるんだよ」

慌てて見てみると、「人をランク付けする術」とある。

「失礼だなあ。ゲーム業界の大金脈である三国志ネタを、増補でくっつけるなんて」

ピノさん、怒るポイントがちょっとズレてます。

「立派な人格者の楽将軍《がく》があんなに二軍落ちを悲しんでたのは、普通の心の動きのせいじゃなくて、この術の影響だったのかもね」

確かに、子供っぽく気落ちしてましたね。

「荀彧《じゅんいく》さんだって、本当はああいうイジけキャラじゃないのかも」

「だったら、ちょっと救われるんじゃねえ？　ピピ姉」

「うん」

しばし、しみじみする姉弟《きょうだい》。

「つまりこれは術の説明書——トリセツというかマニュアルというか」

「アンチョコというかね」

学究の徒二人組が説明する。

「今の魔王は、この書を手引きに魔法を使っている、いや、既に行使していたわけだ」

「そうか。いや、だからさ教授、オレ、根本的な疑問があるんだ」

ピノが律儀に挙手をする。読者には既に、二軍三国志の場からの帰り道でご説明しましたが、今一度。

〈魔王が持っていなくて欲しがっている本を集めてあげるのではなく、魔王の手に渡ってはまずい本を先回りして集めるのでもなく、なぜ、魔王の手元にある本をわざわざ集めることが必要なのか？〉

ブント教授とポーレ君はまた同じリズムでうなずき、同時に口を切った。

「それなんだが、ちゃんと」

「説明がつくと思うんです」

ポーレ君は教授に一礼した。説明役を譲るのかと思ったら、ぐいと前に出た。自己主張に目覚めてきております。

「お二人が回廊図書館から持ち出したときには、どちらの書もページを開くことさえできなかった。そうですね？」

「うん」

「その後、ページは開いたけれど中身はほとんど白紙で――」

第一之書には〈ボ〉、第二之書には〈ツ〉と書いてあっただけだった。

「しかし、さらにその後、本が生きもののように動き出してページがめくれ、文字列が浮かびあがって現在のような状態になった」

「そういうこと」

「それはつまり、お二人がこの書をゲットしたことで、魔王から魔法に関する知識を奪い取ったということではないかと思います」

白紙だった本が、術についてのノウハウを記した神代文字《じんだいもじ》で埋め尽くされてゆく。それは、いったん魔王のものとなった知識が、魔王から離れ、本のもとに戻ってくることを象徴的に示している現象なのではないかと、ポーレ君は言う。

「そういうことなんだよ」と、今度はブント教授。ちょっぴり肘《ひじ》でポーレ君を突《つつ》いたところが、可愛《かわい》いというか大人げない。

「君たちは、少なくとも魔法に関しては確実に、魔王の力を削《そ》いだことになるわけだ」

「じゃ、魔王はもう、この二冊の書に記されている三つの術は使えないんですね？」

「おそらく、そうだ」

ピノピは顔を見合わせた。

「『伝道の書』を集めることで、魔王を弱体化することができるの？」

あと四冊集めれば、最低でも四種類の術をさらに封じることができると思われます。

「それなら、回廊図書館の羊司書さんは、あたしたちの味方なのかしら」

だってそうでしょ？　ピピは首をひねる。

「あたしたちが魔王の力を奪ってゆくってわかっているのに、黙って見ているんだもの」

愛想はないけれど、一応は案内もしてくれた。利用者カードも達筆で書いてくれた。

「回廊図書館は魔王の図書館なのに、そこを預かる司書は魔王を裏切ってるの？」

それはそれで何だか気分が悪いと思ってしまうのは、ピピがまだ純な少女だからである。作者ぐらいの歳《とし》になると、まあ世の中だいたいそんなもんよフフン、とか言ってお茶を飲んだりしちゃうんですけどね。

「オレ、あの羊に見覚えがあるんだ」

突然、ピノが思いがけず深刻な口調で呟《つぶや》いたので、学究の徒二人は――

聞いていなかった。二人して、辛《つら》そうな顔をしているピピを慰めるのに必死である。

「まあ、まだそう断定するのは早いよ」

「そうですよ。仮にそうだとしても、羊秘書のすることに、ピピさんが責任を感じることはありません」

「羊秘書には羊秘書の事情があるんだろう」

「秘書じゃなくて司書ですよ」

「ひつじひしょ」

「しつじししょ！　ん？　しつじひしょ？」

「違いますよ、ひつじしひょでしょ」

作者が「熱川《あたがわ》ワニバナナ園」と言おうとするときのような大騒ぎ。言えないんですよ、これが。ワナナバニ園。ん？　いやいや、正しくは「熱川バナナワ、ニ園」ですね。

「違うわよ、しつじししょ」

誰もかまってくれないので、ピノは一人で考えている。ポージーさん。鼻の頭に繕《つくろ》った跡がある羊さん。どうして見覚えがあるんだろう。

さて、解読が一段落ついたので、ポーレ君も久しぶりに我が家に帰ることに。お掃除で汗をかいてしまったので、ピノピは風呂場へ直行する。

「う～ん、やっぱポーレ家の風呂は最高！」

ピノがひと汗流し、さっぱりしたところで〈スーパースパ湯けむりの郷〉で遭遇したものの話をすると、ポーレ君は震えだしてしまった。

「やめてください、寒くなっちゃう」

「髪を洗うときに目をつぶると、後ろに何かいるかもしれないぞ～」

「やめてくださいってば！」

長風呂のピピより先に出てきたピノは、バスタオルをかぶってポーレ君と一緒にリビングへ。

「何か冷たい飲み物を――」

テーブルの上に、トリセツがいる。

「なんだ、役立たず」

いきなりガンを飛ばすピノを、ポーレ君が制した。「ちょっとお待ちください。これはトリセツさんじゃありませんよ」

「あいつ、最近太ったからな」

「そうじゃなくて、花がふたつありますから」

そうなのだ。鉢植えの花の部分がふたつある。タカヤマ画伯、よろしくね。

「これ、作り物です。素材はなんだろう、樹脂かなぁ」

ポーレ君が手に取って検分していると、

「おいおい、試作品をいじらんでくれ」

リビングの入口にひょろりと現れたのは、

「ルイセンコ博士！　いつ帰ってきたの？」

「つい先ほど着いたばかりじゃ」

博士は手に皿と箸《はし》を持っている。宴席の料理をもらってきたらしい。

「手持ちの材料と、二軍三国志の場で調達できる素材では、どうしても用が足りなくなってな」

「で、うちに？」とポーレ君。

「うむ。長靴の戦士の紹介じゃと言ったら、歓迎してもらえた」

ほかに当てがないからのと、けろっとして言い放つところが図々《ずうずう》しい。

「で、君は？　長靴の鑑定なら、出張はせんぞ。今は用が足りとるし」

「ポーレはこの家の息子だよ」

「おやそうかい。じゃあお世話になります。ちょうどいい、ワシのために研究室をひとつ用意してくれんかね？」

この人どなたですかとポーレ君。

「門番のおっさん」

「科学者じゃ」

ピノと博士の声がかぶった。ポーレ君は花がふたつあるトリセツもどきをそっと持ち

上げて、

「これ、試作品だとおっしゃいましたね？」

「そうじゃ。まだそれひとつしかない」

「何に使うものですか」

「電話機じゃよ」

デンワ？　今度はピノとポーレ君の声がかぶる。

「作者が手を抜いて、ちゃんと書いてなかったが、このボッの世界には、これまで電話という通信手段が存在してなかったんじゃ」

この度、ワシが発明した。えっへん！

「ふたつの花のひとつが送話器、ひとつが受話器。鉢植えの内部に通信機器が収まり、底からコードが延びる」

ポーレ君は鉢植えをひっくり返して確

認している。

「なるほど。その電話というのは何をすることができるのですか？」

「遠く離れた人間同士が会話することができる。わざわざ会いに行かなくても用が足りる。時代を変える大発明じゃぞ」

それはいいんですが、なぜトリセツ・モデルなのでしょう。

「ファンシーじゃからな。この国はファンシーでできているから、必ずウケる」

「これを実用化するために研究室が必要なんですか？」

「そう。研究資金と資材も、人手もな」

ポーレ君はルイセンコ博士を見つめ、博士は皿の上の料理をもぐもぐ立ち食いしている。

「よろしいでしょう」

請け合うポーレ君の眼鏡《めがね》の奥で、瞳《ひとみ》がきら〜んと光った。学究の徒の目ではない。商売人の目だ。彼はあのママの息子です。

「ご協力いたします。ビジネスのお話は、うちの両親とまとめてください」

「よかろう」

ここでも蚊帳《かや》の外のピノ。バスタオルで頭をごしごし。

「博士、ボッコちゃんの修理は？」

「とっくに済んだ。今はまだ試運転中なのでな。二軍三国志の場に置いてある」

壊れた陣屋や砦《とりで》を再建する作業ロボットとして重宝されているそうだ。やっぱり魯《ろ》粛《しゅく》が指揮をとっているとか。

「だからヒマなんで、こんな発明してたんだね」

「うむ」うなずいて、博士は横目でピノを見た。「ヒマついでに、耳寄りな情報も拾ってきたぞ」

二軍三国志にはマスコミ取材が殺到していて、今度は〈アクアテク・ジャーナル〉という雑誌の記者が来たそうな。

「その記者が、〈カイロウトショカン〉を知っておった」

「へ？」

「数年前まではアクアテクの、あの再開発特区のなかにあったそうだ」

今は〈サンタ・マイラ〉という街にある。

「耳寄りな情報ねえ……」

ピノもいくらか経験を積んできたから、こんな話を鵜呑《うの》みにはできません。

「そのカイロウトショカン、オレたちが知ってる回廊図書館とは絶対に違うと思うけど」

「違っていても、行ってみる価値はあるんじゃないか？　何か関連があるのかもしれん」

行きましょう、と言ったのはポーレ君だ。目が輝いている。今度も学究の徒の目ではなく、さりとて商売人の目でもなく、〈コドモ〉の目をしている。

「お二人と違って、僕には回廊図書館に入る資格がありません。関連がありそうなところなら行ってみたいです！」

久しぶりに三人で冒険だ。

「よし、ピピ姉を呼んでくる」

ピピはポーレママお勧めの美白パックをしておりました。

「あと五分待ってよ！」

冒険の準備だ、荷造りだお弁当だ！　騒ぎ始めたコドモたちから見えないところで、ルイセンコ博士が顎《あご》の先をひねりながら独り言。

「ま、ちょっとサービスが過ぎるかもしれんが、いいだろう」

話を早く進めるためです。

「放っといて、また四千枚も書かれちゃかなわんからな」

作者のことですか。

というわけで、以下は次節へ。

「怪しいなあ」

サブイベントその2
カイロウ図書館・2

地図を調べてみると、〈サンタ・マイラ〉という街はアクアテクの西方にあった。モルブディア王国の東西南北から物資が集まる流通の要《かなめ》。だから交通の要衝でもあります。

「行きやすい場所でよかった」

今回は箱型の四輪馬車に荷物を積み、ポッカちゃんに引かせていざ出発。御者台《ぎょしゃだい》に陣取るピピは、ひとしきり馬とおしゃべり。

「ほらホラ Horror の村じゃ、タイヘンな目に遭わせちゃってごめんね。今度は、どんなことがあったって、ゼッタイにあんたを一人で置き去りになんかしないからね」

座席のピノは早々に居眠りを始め、学究の徒《と》ポーレ君はサンタ・マイラのあるモルブディア王国中西部の地勢や歴史について書かれた本に鼻先を埋《うず》めて、ごとごとと揺られていく。

王国を東西に横断する中央街道に出ると、たくさんの馬車や荷馬車に混じって進むことになり、しかもだんだんと交通量が増えてくる。脇道《わきみち》との合流地点では渋滞も発生。

「まあ、お話さえ早く進んでくれれば、急ぐ旅じゃないしね。ポッカちゃんを疲れさせたくないから、のんびりでいいんだけど」

キャンプでの一泊を挟んで二日間、ゆるゆる進んでゆくうちに、眺めが少しずつ変わってきた。街道の周辺が森や草原であることは同じなのだけれど、渋滞に占める馬車や荷馬車の比率が下がり、蓄電自動車が増えてきたのだ。フネ村はもちろん、王都でも見かけたことがない無骨で大型の貨物専用蓄電自動車も珍しくない。

こういう景色は、男の子にはたまんないわけです。ピノとポーレ君はかぶりつきで大興奮。なかでも二人を喜ばせたのは、街道沿いに立っている蓄電自動車用の充電スタンドだ。

ガソリンスタンドじゃなくて、充電用の電気スタンド。ぴかっと明るいスタンドを、作者はイメージしています。タカヤマ画伯、よしなに。

「モルブディア王国にも、こんな現代っぽい眺めがあったんだなあ」

「不思議なことじゃありませんよ。魔法石のおかげで電化されてる国なんですから」

作者、確かに第一巻の冒頭でそういう説明をしましたが、すっかり忘れていました。電力はあって当たり前と思っている私たち、その有り難みは、失ってみて初めて痛感されるものです。

「殊勝なこと書いて、忘れっぽいのをごまかそうとしてるぞ」

「サブイベントだから、うちの作者、いつにも増してユルんでるんですよ」

節電のココロは忘れていません。パソコンを使って仕事するのは午前中のみ。

「それは単に怠け者なのでは？」

なんてことを言ってるあいだにも馬車は進み、御者台のピピは前屈《まえかが》みになって、軽くポッカちゃんの首を撫《な》でる。

「そろそろ休憩して、水を飲ませてあげたいなあ。どっかにいい場所はないかしら」

折しも街道は上り坂。ポッカちゃんはちょっと息を切らしている。

「ごめんね。この坂を越えたら休ませてあげるから」

と言い終えないうちに、はるか前方で騒ぎが起こった。不穏な震動とともに土煙がたち、小型の馬車と蓄電自動車が数台、玩具《おもちゃ》みたいに舞い上がって空中でくるくる回り、落ちてゆく。

「な、何だ？」

馬車の窓から身を乗り出すピノとポーレ君。ピピは手綱《たづな》を片手に魔法の杖《つえ》を取り出す。

街道を進む車は急停止。悲鳴やわめき声。こっちに向かって逃げてくる人たち。そして坂のてっぺんに、ぬるぬるぐちゃぐちゃ、触手だらけの三本脚のモンスターが姿を現した。

「あ、あれは？」

指さすポーレ君に、馬車から飛び降りながら、ピノは叫んだ。

「トライポッド！」

違うってば。もう『宇宙戦争』の話は終わり。

「クトゥルー系のお一人様だ！」

思わず満面に笑みのピノ。走り出しながら腰の羽扇《うせん》を抜いて構える。ピピは御者台から両手をラッパにして呼びかけた。

「ホントにお一人様かどうか、よく気をつけてね～」

返事よりも先に、ピノは羽扇ビームを発射。今しも大型の貨物専用蓄電自動車を叩《たた》き潰《つぶ》さんとしていたモンスターの脚を切断した。

「あのビーム、凄《すご》いですね」

感嘆に声を震わせるポーレ君。ああ、やれやれと、ピピが御者台で伸びをして身体《からだ》をほぐしているうちに、ピノはぬるぐちゃモンスターをさっくり切り分けて退治してしまった。通行の邪魔にならないよう、モンスターの肉片を上手に街道の左右に振り分けて積み上げたところなど、職人芸的である。

「ありゃ、はぐれモンスターだな。何でこんなとこに出てきたんだろ」

駆け戻ってきたピノは馬車に飛び乗り、ピピは手綱を取り直す。ポーレ君はさらに感じ入る。

「お二人とも、何だか堂に入ってるというか、本物の戦士らしくなってきましたね」

「そう？　うふふ」

「でも、だからこそこんなところにモンスターが出てきたのかもしれませんよ」

どういう意味かしら。

「魔王がお二人の存在に気づいて、刺客を放ってきた――」

「ポーレ、これ何だ？」

言うが早いか、ピノはポーレ君が手にしていた紙箱みたいなものをさっと取り上げた。

あいかわらず、人の言うことを聞いちゃいねえ。

「魔法石カメラですよ、ピノさん」

紙箱のお腹《なか》から円筒形に突き出た部分を指さしながら、ポーレ君は解説。

「魔法石の作用を応用した光学機器で、ここにレンズが入っていて、いろいろなものを写真に撮《と》ることができるんです」

読者の皆様&タカヤマ画伯は、インスタントカメラをご想像くださいね。

「ルイセンコ博士が、宿代の代わりだって、出発の前に僕にくれたんです」

「しゃしん？　博士の発明品か……」

「いちいち魔法石カメラって言うのは面倒臭いですから、略称は〈マカメラ〉です」

ピノはマカメラをいじくりまわす。

「これ、撮ったものを見るときはどうするんだ？」

「この裏側の、小さいモニターに映して見るんです。機材があれば、紙にプリントすることもできますよ」

外見はインスタントカメラだけど、機能はデジタルカメラ。それがマカメラ。

ピノはマカメラの横っ腹に顔をくっつけてモニターを覗《のぞ》き込む。

「お！　さっきのモンスターが映ってる」

「はい、撮影してみました」

ポーレ君、ルイセンコ博士から、旅先で珍しいものを見たら撮ってきてくれと頼まれたのだそうな。

「発明のヒントになるかもしれないからって」

「ふうん」ピノ、今度はマカメラを耳元で振ってみる。かさかさと小さな音がする。

「これって何の音？」

「僕には構造のことはよくわかりません」

物知りだけど、理系ではないポーレ君。

「魔法石が入ってるのかな」

「まさか。魔法石は国家が管理している貴重な資源ですよ。博士が個人的に所有しているわけがありません」

だが、あのおっさんは〈門番〉なのだ。ただの一個人ではないから、油断ならない。

そのとき、横合いからパラッパとクラクションの音がした。大きなコンテナを五つも積んだトレーラー型貨物専用蓄電自動車が、馬車に併走してくる。運転席には見るからにコンボイなおっさん。窓からぶっとい肘《ひじ》を突き出し、御者台のピピに二本指を揃《そろ》えて軽く敬礼してから、後ろのピノに笑いかけてきた。

「おい、ちびっ子。さっきのモンスター退治、鮮やかだった。なかなかやるなあ」

同じ〈おっさん〉でも、ルイセンコ博士とは進化の系統樹の違う枝に生《な》った果実という感じのヒト。さあ、どんなイメージかと申しますと、どうか皆様、今回は作者の趣味に付き合って、バトーさんを思い浮かべてください。『攻殻機動隊』のバトーさん！あ、映画やアニメの哲学的なキャラじゃなくて、ワハハと豪快な原作の方ね。

「ありがとう。ま、オレにはあれくらい朝飯前だけど」

不敵に笑ってみせたピノですが、

「しかし変わった武器だなぁ」

これを言われると、いまだにツラい。

「――う、羽扇っていうんだよ」

御者台でピピは下を向いて笑っています。

「海の向こうの国の、貴重な武器なんだ」

「へえ、そうか。何にせよ大したもんだぜ。おまえさんたち、ちびっ子だけでどこへ行くんだ？」

「サンタ・マイラです」

　ピノの横っちょから首を出して、ポーレ君が答えた。「あなたはどちらに向かうのですか。それと、どちら様でしょう？」

　コンボイなおっさんは愉快そうに笑った。

「こりゃ済まん。俺の名前はミーゴ。見てのとおりの運送屋で、後ろに乗っけてるコンテナの中身は機械部品だ。機械製造の街〈ガラボス〉から、サンタ・マイラの問屋へ納品に行くところだよ、メガネ君」

「僕はポーレです。モンスター退治をしたのはピノさんで、御者台にいるのはピピさん。二人は双子の姉弟《きょうだい》で、僕は二人の友達で、馬の名前はポッカです」

「ご丁寧にありがとう。俺のこの愛車は〈ビッグ・ファーゴ〉だ」

　言って、ミーゴはまたパラッパパララとクラクションを鳴らしてみせた。ビッグ・ファーゴはかなり旧式の車体で、金属部分の端っこに錆《さび》が浮いていたり、あちこちに傷やくぼみも見えるけれど、馬力はありそうだ。

「サンタ・マイラに着いたら、タイパン通りにある〈ジーノ〉って店に寄ってくれ。俺の行きつけの食堂だ。モンスターをさっさと片付けてくれたお礼に、飯をおごるよ」

「きっと行くよ。ありがとう!」

今度はピノが二本指の敬礼をすると、ミーゴのおっさんはニカッと笑顔で馬車を追い抜いていった。蓄電自動車なのに、けっこうな轟音《ごうおん》がたつ。

「爆走コンテナ野郎ですねえ」

ミーゴの迫力に、ポーレ君は少しだけビビッていたようで、ほうっと息を吐く。

「右肩から肩胛骨《けんこうこつ》にかけて、派手な刺青《いれずみ》がありましたよ。気がつきましたか?」

「でも、気のいいおっさんじゃん。ピピ姉、覚えた?」

「タイパン通りの〈ジーノ〉。一食分助かるわ」

「ラッキー」

ポッカちゃんの蹄《ひづめ》もぱかぱかと軽やかに鳴る。坂を上り終え、てっぺんに着いたのだ。

前方の視界が開け、心地よい風が吹きつけてきた。ピピが目を細め、遠くを見遣《みや》る。

「あれがサンタ・マイラよ」

まだ遠いから、箱庭のような景色だ。中央街道の左右に、色とりどり、サイズもとりどりの建物がぎっちりと立ち並んでいる。

「わあ、アクアテクより大きな街ね」

「あ、あれを見てください」

ポーレ君の声に右手を見ると、道路の脇に、高さ二メートルぐらいの金属製の人型の像が立っていて、両手に看板を掲げている。

〈ようこそサンタ・マイラへ〉

全体にメタリックなので、日差しを反射して眩《まぶ》しい。

「変わった銅像ねえ」

もうちょっと人間らしくすればいいのに。目鼻がないし、服も着てないし、関節が妙に出っ張っている。

「まるでロボットみたい」

「みたいじゃなくて、ロボットなんですよ。現在のサンタ・マイラの象徴です」

ポーレ君は、馬車の座席の上に広げた本やガイドブックで予習を済ませている。

「二、三年前から、サンタ・マイラの物流倉庫や貨物専用蓄電自動車のターミナルでは、たくさんのロボットが稼働しているんです」

まだ単純作業しかできない素朴なロボットたちだが、今後開発が進めば、もっと高難度で専門職的なこともできるようになるはず、という。

「ロボットの開発と生産は、さっきミーゴさんも言ってた機械製造の街ガラボスで行われているんですが、サンタ・マイラには力仕事の担い手の需要がたくさんありますからね」

「へえ……ゼンゼン知らなかった」

ずっとフネ村にいたら、いよいよロボットが牧場や農場に働きに来るまで知らなかったろう。できそこないの世界でも、世界というものはやっぱり広い。

「ロボットって、ボッコちゃんみたいなヤツか？」

思わず顔をしかめるピノ。ボッコちゃん大暴走の記憶はまだ生々しい。

「ピノ、ポーレ君はボッコちゃんを見たことないんだから、わかんないよ」

ポーレ君は明るく笑った。「はい、お話を聞いただけですから、現物を見てみたいですね。かなり大きいんでしょう？」

「三階建てのビルぐらい。三本脚のタコみたいな形でね」

「じゃあ、サンタ・マイラのロボットたちとは根本的に違いますよ。あそこの〈ロボッチ〉は等身大だし、さっきの像と同じで、人型ですからね」

ピノピは声を揃えて聞き直した。「ロ、ボ、ッ、チ？」

「〈ロボットたち〉を縮めて〈ロボッチ〉。サンタ・マイラでは、個々のロボットに名称をつけずに、まとめてそう呼んでいるんだそうです。まだ、固有の名前を持つほどにまで、機能が発達していないからでしょうね」

でももったいないなと、言い足した。

「僕なら、どんな単純な作りのロボットにでも、名前をつけたくなるけどなあ」

「ポーレ君は優しいからよ」

学究の徒は頬《ほお》を赤らめた。一緒に冒険するのは久しぶりだ。鍵《かぎ》二つ分のあいだ、離ればなれになっていた。

――やっぱり僕、ピピさんピノさんと一緒にいると楽しいなあ。

当初の予定では〈氷の微笑〉を倒したらオサラバするはずの期間限定キャラだったポーレ君、作者がこうして独白を書くほどの重要人物になってきました。

――サブイベントだから、このエピソードは短いんだろうなあ。つまんないなあ。うんと事件が起こって、謎《なぞ》も多くて、入り組んだ長い話になるといいのに。

何なら書きましょうか、四千枚。

「わ、ホントだ！　見て見てピノ、あそこでロボッチが働いてる！」

御者台のピピが歓声をあげる。窓から覗いてみると、サンタ・マイラ方向に緩やかに下ってゆく街道の途中に馬車専用の休憩所があった。そこで確かにロボッチが一体、両手に大きな水桶《みずおけ》を提げて歩いている。メタリックで日差しを反射するから目立つのだ。

「ちょうどいいわ。あそこでポッカちゃんを休ませよう」

ぱかぱかと近寄っていくと、馬用のブラシを描いた標識がさがっている。その下には大きな看板にでかでかと手書きの文字。

〈サンタ・マイラは物価が高い　休憩・補給はお早めに〉

ピピの目がぴか〜んと光った。「決まり。ここで休もう」

作業服を着たおばさんが「いらっしゃ〜い」と出てきて、「どうどう、ご苦労だね、いい子ちゃん」

ピピからポッカちゃんの手綱を受け取り、駐馬スペースへ誘導してくれた。

「この子はポッカレイ種だね。珍しいねえ」

ポーレ君は嬉《うれ》しそうだ。「ありがとうございます。うちの母が好きなので」

「まじりっけなしのポッカレイ種を見たのは久しぶりだよ」

「ポッカちゃんって珍しいんだ」

何となく声をひそめて尋ねるピピに、ポーレ君はうなずいた。

「身体が丈夫で頭もいいし気性も優しいし、言うことないんですけど、スタイルがちょっと——なので」

ポッカレイ種は丸顔で背が低く脚が太くて短い。

「ほかの種とかけ合わされて、純血種は激減しているんです」

そんなやりとりをよそに、ピノの目は水汲《みずく》みに励むロボッチに釘付《くぎづ》けだ。もう一体、馬房のそばで飼い葉の山に大きなフォークをふるっているロボッチもいる。

「おばさん、ここのロボッチは二体だけ？」

「そうだよ。あんたたち、ロボッチを見るのは初めてなんだね」

「うん。わかる？」

「目がらんらんとしてるから」

　ポッカちゃんをいったん馬車からはずし、ブラッシングしてやりながら、おばさんは笑った。

「子供はみんな、ロボッチが好きなんだねえ。あたしなんざ、あいつらがいてくれると便利なのはわかってても、何となく薄気味悪くってしょうがないんだけど」

　ポッカちゃんの世話をおばさんに頼み、ピノピとポーレ君は人間用の休憩スペースへ行くことにした。売店で飲み物や軽食も売っているけれど、おばさんのお勧めは、

「ここの井戸水。美味《おい》しいよ。無料《ただ》だしね」

ということで、利用者用に開放されている井戸端でひと息入れていると、水汲みのロボッチが近づいてきた。

きゅいん、きゅ、きゅ、きゅい～ん。

歩く。腕を上げ下げする。桶を置き、井戸の汲み上げポンプに近づき、水を汲む。すべての作業の際に、金属的な音がする。全身メタリック、顔はのっぺらぼうだけど、誰かのイタズラだろう、このロボッチの左のほっぺたには、ペンキみたいなもので〈バカ〉と書かれたのを消した痕《あと》がうっすら残っていた。

「背中にもあります」

不愉快そうに顔をしかめながら、ポーレ君が小声で言った。

「ホントだ」

背中のど真ん中、人間ならば背骨の部分に〈蹴《け》ってください〉と書いてある。こちらは〈バカ〉よりもはっきり読み取れた。ただの落書きではなく、尖《とが》ったもので傷をつけて彫ったみたいになっている。

「嫌なことをするヒトがいるのね」

ピピは顔を背け、ピノは腕組みをしてじいっとロボッチの動きを見守った。よく働くなあ、こいつ。

ポーレ君はマカメラを取り出すと、ロボッチの方に身を寄せて、

「写真を一枚撮らせてもらいますね」

声をかけてからシャッターを切った。もちろんロボッチは無反応で、きゅいんきゅいんと身体のつなぎ目を鳴らしながらふたつの水桶をいっぱいにして、また馬たちに水をやりに戻っていった。

撮った写真をモニターで検分するポーレ君。ピノは横から覗き込む。

「博士はロボッチのこと知ってるのかな」

「あちこち旅をしておられるなら、ご存じでしょうね」

もしかすると、ロボッチに対抗してボッコちゃんを造ったのかもしれない。

「博士に頼んで、改良型のロボッチを造ってもらおうよ」

急に、何だか怒ったみたいな声を出して、ピピが言った。

「バカな人間にイタズラ書きなんかされないような、イタズラされたらちゃんと怒って抵抗できるロボッチをさ」

そしてぱっぱとズボンの膝《ひざ》を払うと、

「あたし、ポッカちゃんのとこに戻ってる」

小走りでとっとと行ってしまった。

「ピピ姉、なんで怒ってンだ？」

「——わからないけど、気持ちはわかります」

もう一体の方の写真も撮ろうというので、二人は馬房のそばまで行った。フォークをふるっていたロボッチは、馬房のなかで掃除をしていた。こちらもやはり、きゅいんきゅいんと金属音をたてながら作業しているが、働きぶりとしては〈黙々と〉である。

ポッカちゃんは休憩で元気を取り戻し、ピピも御者台に座って、おばさんとおしゃべりしている。二人の顔を見ると、「手頃な馬宿を教えてもらったよ」と言う。〈馬宿〉は、馬車専用のモーテルとお考えください。

「実はあたしの弟がやってる宿なんだ」

おばさんは笑って、ちらっとベロを出した。

「でも身びいきじゃなしに、いい宿だよ。あんたたち、子供だけの三人旅なんだってね。サンタ・マイラはいい街だけど、生き馬の目を抜くようなところだから、充分気をつけるんだよ」

「おばさん、〈ジーノ〉って食堂を知ってる?」

ピノは腹ぺこで、もうそのことしか考えられません。

「ああ、タイパン通りの店ね。あそこのふわふわオムライスはあたしの大好物」

「わ! オレもそれにしよう」

目先のことばっかりに気をとられがちなピノピに代わって、ポーレ君が質問する。

「おばさん、ついさっき、巨《おお》きくて不気味なモンスターが出てきたの知ってますか」

「坂の上で騒いでたね。誰かがやっつけてくれたみたいだけど」

えっへんと反《そ》っくり返るピノにはかまわず、ポーレ君は真顔で続ける。「僕らは坂の向こう側にいたんですが、まわりの皆さん、もちろん怖がって逃げたりしてたけど、あんまりビックリしてないように見えたんです。ここで休んでいる人たちも、ほとんどさっきの騒動を話題にしてないし……。この近辺では、モンスターの襲来は珍しいことではないんですか？」

言われてみればそうなのだ。モンスター現る！　普通ならこんな異常事態に、みんなもっと動揺して然《しか》るべきではないか。コンボイ野郎のミーゴだって、「さっさと片付けてくれてありがとう」と言う以前に、「ありゃ何だ」とか、「あんなものがどうしてここに出てきたんだ」とか、驚く方が自然じゃないか。

「そうだねえ、最近、多いね」

小首をかしげ、「三日にいっぺんぐらい出てくるかねえ」と、おばさんは言う。

これには三人とも仰天した。

「そんなにしょっちゅう？」

「今日みたいにでっかいのは初めてだけど、人間ぐらいの大きさのとか、病気で毛が抜けちゃった獣みたいなモンスターは珍しくないよね」

ポーレ君は学究肌全開になって、おばさんに詰め寄る。「そ、その種のモンスターは、どうやって現れるんですか?」

「どうやってって――」

「今日のヤツは本当に出し抜けだったんです。一瞬で現れて、どすんと地響きがして」

「いつもそうだよ。気がついたらそこにいるって感じらしいよねえ。運良く、あたしは近くで見たことないからね。ニュースとか、お客さんから話を聞くだけだけど」

むむむむむ。ポーレ君はやせっぽちの身体を結び目みたいによじって考え込む。ピノはその後ろ襟をつかんで箱型馬車に引っ張り上げた。

「ともかく、早くサンタ・マイラに行こう。おばさん、いろいろありがとう」

早めにポッカちゃん休憩をとっていてよかった。サンタ・マイラは目に見えるよりは遠く、さらに渋滞がどんどんひどくなるので、ちょっと進んでは止まり、ちょっと進んでは止まり、かえって疲れてしまう。ピノは居眠りを通り越して爆睡し、その傍《かたわ》らでポーレ君は本と資料を読みふける。

観光都市アクアテクとは違い、サンタ・マイラは機能優先の都市だ。交通の要衝、流通の要としての役割が発達するにつれて人口が増え、建物が増え、街が拡大していった。だから整然としていないし、街と外部の境界もはっきりしていない。中央街道を進んで行くに連れて沿道の建物が増えていき、いつの間にかサンタ・マイラに入っていて、ピピは休憩所のおばさんに教わった道筋を選んで馬宿を目指していった。

　そのあたりには、外部からこの街を訪れる人びとが利用する施設が集まっていた。おばさんお勧めの馬宿〈うまかろう〉に到着、フロントにいたのは休憩所のおばさんの弟さんその人で、挨拶《あいさつ》して手続きを済ませてポッカちゃんを馬房に入れ馬車を所定の場所に駐《と》めると、ピノはすぐさま、

「おじさん、タイパン通りってどっち？」

　ご飯のことしか考えていない。

「うちの前の道の一本北側だよ」

「行こう！　飯だ飯だ飯だ！」

「まだミーゴさんは着いてないんじゃないですか」

「蓄電自動車だぞ。オレらより遅いわけないじゃん！」

　タイパン通りは、食堂に雑貨屋、薬局に衣料品店が軒を並べる商店街だった。これまた見かけを気にするアクアテクとは違い、実用一点張りの店構え。看板もよく言えば色とりどりで個性的、悪く言えば統一感がなくて雑多でごみごみしている。

「こんちは！　ミーゴのおっさん来てる？」

　西部劇風のスイングドアをばたんとさせて、ピノは〈ジーノ〉店内へ飛び込んだ。素朴な木製のテーブルと椅子《いす》が並び、大きなカウンターの向こうには酒瓶がずらり。飲み屋でもあるのだろう。スパイシーないい匂《にお》いがする。

しかし、店内にはただ事ではない雰囲気が漂っていた。

お客はいっぱいだ。が、ほとんど誰も席についていない。立ち上がり、店の真ん中に集まって輪になっている。かがみ込んだりしゃがみ込んだり、どうやらその輪の中心に何かあるらしい。

「何かあったんですか」

ポーレ君が近くにいた客にそっと尋ね、返事をもらう前に、輪の真ん中でエプロン姿の男が立ち上がり、こっちを振り向いた。

「今、ミーゴって言ったな。おまえさんたち、ミーゴの知り合いか？」

尋ねておいて、いきなり不審げな顔になる。まあ、こっちは子供三人ですから無理もありません。

「はい。道中で知り合いになりました」

「ここで飯をおごって――」

ピノの口に、ピピがぴしゃりと蓋《ふた》をする。

「ミーゴさん、どうかしたんですか」

「どうもこうもねえ。ご覧のとおりだ」

エプロン姿の男が、輪になっている客たちを押しのけた。それでようやく、ピノピとポーレ君にも事態がわかった。

コンボイ野郎のミーゴは、ひと目でわかるほどの重傷を負い、長々と床に伸びている。ボコられまくって顔は腫《は》れあがり、手足はよじれ、身体じゅうが血だらけ痣《あざ》だらけだ。

「ついさっき、担ぎ込まれてきたんだ」

腰に手を当て嘆息するエプロン姿の男は、よく見ると元ヤン風のイケメンだ。が、今はピピもそれどころじゃありません。

「ミーゴさん！」

「ミーゴさん！」ポーレ君も唱和した。

「ミーゴのおっさん、約束の飯——」

「ピノ、今はそっちはおいときな」

するとミーゴは頭を動かし、腫れた瞼《まぶた》を開いて三人を見た。

「ん？　何だ。ガキめら、どこのどいつだ。俺に用か」

あら、忘れられちゃってる？

サンタ・マイラ。波乱の予感であります。

サブイベントその2
カイロウ図書館・3

ミーゴが手当を受けているあいだ、道中で出会ったときのことをいろいろ話しかけてみたピノピだけれど、どうやら彼はさっぱり覚えていないらしい。ピノピたちのことはおろか、自分がどうしてこんな状態になったのか、誰かに襲われたのか、はたまた誰かを襲って逆襲されたのか、それも記憶にないという。気がついたら〈ジーノ〉の前に倒れていて、出入りするお客さんに発見されたのだが、〈ジーノ〉が馴染《なじ》みの店であることも忘れていた。

ただ、応急手当が済むと、強い酒を一杯ひっかけて、店を出て行く足取りはもうしっかりしていた。命にはまったく別状なさそうだ。もともと頑丈そうなおっさんだからね。

「殴られて頭を強く打ったので、一時的な記憶喪失になっているのかもしれませんね」

いわゆる逆行性健忘でしょう――と、ポーレ君は言う。そんな学究的な分析にかまっているより、ご飯をおごってもらえないことの方にショックを受けていたピノ、空腹に急《せ》かされて、たちまち現実的な対策を思いついた。

大繁盛の〈ジーノ〉は、どう見ても人手不足だ。あの元ヤン風のイケメンが料理人で、フロアにはウエイトレスが二人。たったの三人じゃ無理がある。現に厨房《ちゆうぼう》の洗《あら》い桶《おけ》には汚れた食器が山積みになっている。お客のテーブルにも、空いた器が残っている。

「ねえコックさん、オレたち皿洗いを引き受けるから、一食くわせてくれない？」

元ヤン風イケメンはムッとした。「俺はただのコックじゃねえ。ここのオーナーだ」

「あ、そンならなおさら話が早いや」

元ヤン風イケメンオーナーは、ピノピ＋ポーレ君と、厨房の汚れ物を見比べた。

「まあ、いいか。皿を割るなよ。グラスはぴかぴかに磨くんだぞ」

「アイアイサー！」

ピノはご飯が目当てだし、ピピはきれい好きだし、ポーレ君も学究の徒《と》になってしまうと身の回りにかまわなくなるだけで、整理整頓《せいりせいとん》についてはママからきちんと躾《しつけ》を受けている。三人の働きぶりは目覚ましく、山のような汚れ物はたちまちすっきり片付いた。

次から次へとお客がくるので、ピピは皿洗い、ピノとポーレ君は片付け＆ゴミ出しと分担して作業を続けていると、

「おい、メガネ」と、オーナーがポーレ君をご指名。「おまえにはレジを頼む」

「了解しました」

「今いるお客の注文が済んだら、いったん休憩にするからな。それまで頼むわ」

午後二時を過ぎて、やっとまかないご飯にありついたピノピとポーレ君。〈ジーノ〉の料理は休憩所のおばさんが請け合ったとおりのハイレベルで、労働の後だからなおさら旨《うま》い。量もたっぷりある。

「おまえら、よく働くなあ」

オーナーは三人を気に入ってくれたらしい。二人のウエイトレスもニコニコ顔だ。あらためて自己紹介をし合うと、若い方のウエイトレスの名前はアナ。この人も元ヤン風で、どうやらオーナーのカノジョであるらしい。年上の方の名前はウーラさんで、彼女はミセス。ダンナはミーゴと同じ蓄電自動車コンボイ野郎で、この店の常連客の一人だという。ちなみに、なぜウーラだけ〈さん付け〉なのかと言えば、オーナーがそうしているからだ。

「レジも任せられるなんて、ホントに頼もしいわ」

「ねえ、オーナー。この子たちをバイトに雇ったら？」

「そうだな。おまえら、どうだ？」

悪い話ではない。ソッコーで「うん！」と答えそうになったピノの口を、ピピがぴしゃりと手で塞《ふさ》ぎ、ポーレ君が言った。

「願ってもないお話なんですが、実は僕たち、この街には〈カイロウ図書館〉を訪ねてやってきたんです」

〈ジーノ〉の三人は一瞬、一様に「へ？」という顔をして、それから揃《そろ》って爆笑した。

「あんなところに？」

「何の用があるの？」

「おまえら、インチキな観光ガイドに騙《だま》されてるんだよ」

そして口々に教えてくれた。〈カイロウ図書館〉というのは、カイ・ロウというきわめつきの奇人変人の住まいのことで、図書館なんかじゃない。カイ・ロウが「世界中から集めた」という触れ込みの良書から奇書までありとあらゆる本が山のようにあるけれど、未整理のままなのでひどい状態だ。子供はもちろん、大人だって、まともな人間なら近づくような場所じゃない。

「でも、図書館って呼ばれてるんでしょう」

「それも本人がそう言い張ってるだけだ」

「あたしたちの情報源は観光ガイドじゃなくて、〈アクアテク・ジャーナル〉の記者さんなんですけど」

正確には、記者から又聞きしたルイセンコ博士だが、そんな些事《さじ》はどうでもよろしい。

なぜなら、これを聞いてまた〈ジーノ〉の三人が腹を抱えて笑いだしたからだ。

「あれもまともな雑誌じゃないよ。くっだらねえ噂《うわさばなし》話か捏造《ねつぞう》記事しか載せねえんだから」

「先週号は幽霊屋敷の探検記がトップ記事で、今週号はUFO大特集だけど、写真は合成バレバレだったし」

言ってから、アナは慌てて弁解した。

「あたしだって愛読してるわけじゃないわよ。駅の売店やスーパーのレジの脇《わき》に置いてあるから、通りがかりに、ついつい表紙や広告を見ちゃうのよね」

作者もそうやって東スポとか見ています。

「となると、ルイセンコ博士も騙されてたってこと？」

「おっさん、科学者なのにな」

「記者と話しただけだったみたいだし、アクアテクのマスコミ事情に疎《うと》ければ、信用しちゃっても仕方ありませんよ」

「ポーレは知らなかったのかよ。〈アクアテク・ジャーナル〉のこと」

「まったく。存在すら知りませんでした。だから専門誌なのかなと思って」

まあ、専門誌といえば専門誌だ。

「このサンタ・マイラには、あんなとこよりずっと面白い場所がたくさんあるよ。うちでバイトしながら見物して回ればいい」

「そうですか。でもオーナー。それ以前に、僕らが子供三人だけで旅してて、親はどうしてるのか、学校はどうなってるのか気になりませんか」

ポーレ君の質問に、〈ジーノ〉三人組はまた気を揃えたようにきょとんとした。

「学校かあ」

「親っていっても、なあ」

「あたしらみんな中退だし、家出だし」

これでわかった。今は落ち着いた雰囲気のミセス・ウーラさんも元ヤンだ。しかし三人とも立派な社会人だし、なにしろサンタ・マイラに根付いている人たちなのだから、その証言は、ルイセンコ博士の聞きかじり噂話よりは正確だろう。

に、しても。ここまで来た以上はやっぱり〈カイロウ図書館〉に行ってみたい。

「街のどのへんにあるんですか」

「西の街路のずうっと先の行き止まり。ホントに行く気か？」

「夕方の忙しい時間までには戻ります」

ポーレ君はてきぱき話をまとめるが、オーナーはそれでも心配顔だ。

「カイ・ロウはへなちょこだから、おまえらに暴力をふるうようなことはないと思うけど、頭のネジがゆるんでるからなあ」

ちょっと待ってろと言って、レジに置いてある〈ジーノ〉のショップ・カード（店の地図や営業時間を書いてある）を持ってくると、その裏に何かちょちょっと書き付ける。

それを三枚作ると、ピノピとポーレ君に一枚ずつくれた。

「おまえらの名刺だ。〈ジーノ〉の従業員だと書いてある。カイ・ロウがおかしなことを言ったりしたりしたら、こいつを鼻先に突きつけてやれ。俺はこの街の顔だから、怒らせたらやばいってことは、カイ・ロウもわかってる」

頼もしい。それでもまだ心配そうなウエイトレス二人組は、

「あたしが一緒について行こうか」

「大丈夫ですよ、アナさん」

「あんたたち、この街の歩き方を知ってる？　あっちこっちにロボッチがいるけど、かまっちゃいけないよ。危ないからね」

ウーラさんはちょっとお母さんぽい。

「わかってます。ロボッチは労働しているんですものね」

そういう意味じゃないと、ウーラさんは声を高くした。

「あんな機械、信用できるもんか。何を考えてるかわからないし、人間のいないところで何を企《たくら》んでるか知れたもんじゃない」

「そうそう」と、オーナーも怖い顔でうなずいている。

ピノピとポーレ君は顔を見合わせた。

「オーナーさんたち、ロボッチが嫌いなのか？」

「好きも嫌いも、あんなもんは正しくない！」

この世にあっていいものじゃねえ、と断言する。

「機械なら、もっと機械らしい形をしてりゃいいんだ。人間に似せることはねえ」

「でも、ロボッチをああいうふうに造ったのは人間でしょ？」

「そうですね。人間型に造れば、人間が使っている道具類や装備をそのまま使うことができるので、効率がいいからでしょう」

ぴかりと眼鏡《めがね》を光らせるポーレ君に、オーナーはぐいと顔をくっつけて凄《すご》んだ。

「それがそもそも間違いなんだ。しかもあいつらは、今じゃ自分で自分たちを造ってるんだぞ。そんなの許せるか？」

ガラボスには、それはそれは大規模な組み立て工場があるそうな。

「その工場にはロボッチしかいねえんだ。製造ラインにずらっと並んだロボッチが、新しいロボッチをどんどん組み立ててるんだってよ」

オーナーはぶるりと震えた。ウエイトレスさんたちも真剣な顔でうなずく。

「薄気味悪いでしょ？」

「このまま放っておいたら、今にサンタ・マイラはロボッチに占領されちまうぞ」

「そうなったら飲食店はみんなおしまいよ」

「ロボッチは飲み食いしないからね」

いきなりそこまで心配しなくてもいいと思うけれど、ともかく、人手不足の〈ジーノ〉になぜロボッチがいないのか、その理由は判明した。

「いろいろ気をつけて出かけてきます」

「名刺、ありがとう」

元ヤンには面倒見のいいヒトが多い。三人連れだって店を出て、ピノはぽつりと言った。

「オレがさっきゴミ出ししてるとき、ロボッチがゴミ収集車に乗ってきたんだ」

助手席にいたロボッチは、馬車専用の休憩所で見かけたのと同型だったけれど、運転席のロボッチは、運転専用型なのか、下半身が車の一部に組み込まれた形になっていた。

「重たいゴミ缶をとっとと片付けて行っちまったよ。オレ、つい、ご苦労さんって声をかけちゃったんだけど——」

もちろん、ロボッチが反応することはなかった。

「便利でいいけど、何か味気ないなあって思った。だから、オレはロボッチが薄気味悪いとは思わないけど、オーナーさんたちが言うことも、ちょっとだけわかる気がする」

街路を歩きながら、ポーレ君は腕組みをする。と、傍《かたわ》らでピピが何やら思い詰めた目つきをしていることに気がついた。

「ピピさん、大丈夫ですか」

ピピはまばたきして我に返った。「なぁに？　何か言った？」

「いえ、物思いをしているようなので」

「まかないのほかに時給はいくらもらえるか、計算してたのよ」

女の子は現実的です。


ピノ、ピピ、ポーレ君は、横に並んで左に三〇度身体《からだ》を傾けた。

傾いている。

「あとひと声だな」

「四五度まで傾けると行きすぎです」

「三八度ぐらい？」

ともかく、それぐらい身体を斜めにすると、眼前の不可思議な建物がようやく水平に見えるようになる。

〈カイロウ図書館〉――正しくは〈カイ・ロウの本を集めた家〉は、バラックだった。

ひとつのバラックではない。バラックの周囲にバラックを継ぎ足し、さらにその周囲にまたバラックを継ぎ足す。増築に増築を重ねたバラックの群れ。サンタ・マイラの街の西側の一角を埋め尽くしている。

誰であれここを造ったヒトは、横に増築する技術はあっても、縦に積む技術は持ち合わせていなかったらしい。部分的に塔屋のようなものを載せたバラックもあるが、全体には平屋造りで、トタン板の陸屋根《ろくやね》が延々と連なっている。夏は暑かろう。冬は寒かろう。雨が降ったらやかましかろう。

〈カイ・ロウの私的図書館〉

〈閲覧者歓迎〉

〈敷地内禁煙〉

〈犬を散歩させるな〉

〈セールスお断り〉

正面にざっと見えるだけで、五本の立て札が立ててある。が、案内板とか出入口の表示はない。どこから入ったらいいのか。

「ドアの外れ具合とか、タバサ姐《ねえ》さんが潜んでた掘っ立て小屋を思い出すな」

内部が薄暗いので、ホラーっぽい雰囲気が漂っているところも似ています。

「こんな劣悪な環境に、大量の書物が閉じ込められているなんて」

ポーレ君が呻《うめ》くように言って、陸屋根の一角を指さした。

「見てください。あそこ、穴が開いてます。雨水がだだ漏れですよ。本が駄目になっちゃう！」

「まあまあ、感情を高ぶらせるのは、内部を見てからでも間に合うって」

「ごめんくださ～い！」

ピノが一発、大声を張り上げても返事なし。

「いいや、テキトーに入っちゃおう」

ピノが先頭、ポーレ君を挟んで、うしろがピピ。抜かりなく、最初に通ったべこべこのトタン板の扉のそばで魔法の杖《つえ》を振り、

「わらわら、目印」

細いわらわらの糸を繰り出して、そこに結びつけた。

「ちゃんとくっついててね」

そうしておいてよかった。一歩踏み込むと、内部はまさに迷宮だったからだ。

なぜこんなに暗いのか。窓際まで本が積み上げてあるからだ。なぜこんなに狭いのか。床の上も本の山また山で占められているからだ。人が一人、身体を横にしてかろうじて通り抜けられるくらいの隙間《すきま》を抜けて、少し広い場所に出る。そこからまた狭い隙間が、四方八方に延びている。

「うわ、かび臭い」

ピピは鼻をつまむ。ポーレ君は身を震わせる。「地面に直《じか》に本を積むなんて！」

「ブント教授の家でも、床に積んでたろ」

「あれは〈床〉です！　ここは〈地べた〉じゃありませんか！」

確かにおっしゃるとおり。砂をまいただけの地面である。

「ほかから入ってみよう」

別の扉から入り直しても、内部の光景は変わらなかった。ただ、ここはかび臭いよりも埃《ほこり》っぽい。

「こんな狭いところを抜けていくより、本の山を登っちゃった方が早くねえか？」

「本に足をかけるなんてできません！」

「しょうがないわねえ」

と言ったらくしゃみが飛び出した。ハウスダストに若干のアレルギーがあるピピである。

ぐらぐら。何やら不穏に、積み上げられた本が鳴動し始めた。

「これ、何？」

と言ったら、またくしゃみ。

ぐらぐらぐらぐら。

「崩れてくるぞ！」

とっさに逃げようにも、なにしろ通路が狭い上に、こちらは三人くっついている。

ピピは魔法の杖を振り上げた。「わらわらの天蓋《てんがい》！」

ぽよ～んと大きなわらわらが出現し、三人を包み込む。崩れかかってきた本の山は、わらわらのすべすべした丸っこい壁にせき止められた。

「はあ、助かった」

「でも、どうしよう。このままじゃ身動きとれないよ」

わらわらの半透明な天蓋の向こうで、本の山はまだ地滑りを続けている。

「本の動きが落ち着くまでじっとしていて、一人ずつゆっくり後退しましょう」

ポーレ君の落ち着いた提案にかぶるように、胴間声《どうまごえ》が呼びかけてきた。

「だぁれだぁ〜？」

あまりに調子っぱずれの声なので、三人ともすぐ反応できない。

「本をよみたいのかぁ〜？」

どさ、どさどさどさ。本の山が音を立てる。誰かが近づいてくる。本を踏んづけて。

「上からだ」

ピピをかばってピノが身構える。ポーレ君は怒りに燃えている。「誰だ！　誰だっていいけど本を踏むなぁ！」

どさどさ、がさがさいう音は、無神経に続く。そして――

「おお、ちびっ子だぁ〜」

がに股《また》で本の山の上に立ち、三人の方に身をかがめ、嬉《うれ》しそうにニマニマする老人。

見事にハゲている。いわゆるきんかん頭である。が、それ以上に見事にハダカである。

そう、服を着ていない。身に着けているのは貧弱な腰ミノひとつだけ。その腰ミノが妙ちきりんだ。白っぽくてひらひらしていて、軽そうだ。いったい何でできてる？

「あああああ！」

ポーレ君が腰ミノを指して絶叫した。

「じじい、それは本だな？　本のページを千切ってシュレッダーにかけて腰ミノにしてるんだな！」

やや説明的な台詞《せりふ》ですが、怒っていても理詰めのポーレ君ですからね。

「ポーレ、目がいいなあ」

「ンなことに感心してる場合か！」

ピピは、がるるるがるるると、泡を吹かんばかりにして腰ミノじいさんに飛びかかろうとするポーレ君の後ろ襟をつかんでいる。

「落ち着いて、ポーレ君！」

「本を粗末にする奴《やつ》は許せ～ん！」

「わかったから落ち着いてってば、もう！」

ぽかん。魔法の杖の、ただの杖としての使用法。ポーレ君の頭の固いところを一撃。三度《みたび》、ぐらぐらと周囲の本の山が鳴動。だが今度は、機械的なウィーンという音も混じっている。と、腰ミノじいさんががに股のまま後ろを振り返り、

「なんだ、おまえかぁ」

言ったと思ったら、クモみたいに素早く身をかわして姿を消した。ウィーンという音はさらに近づいてくる。

「わらわらの天蓋って、意外とＭＰを使うのよ。このままだと魔力が切れちゃう」

今度はピピの説明的な台詞でした。

ウィーン。三人の前方の本の山が、ゆっくりと左右に分かれてゆく。

ロボッチだ。アームが小型のフォークリフトになっており、それで崩れる本の山を掬《すく》い上げ、支えている。

「ごブジですか？」

合成音声で話しかけてきた。

「い、今のところは」

ピノピが応じる。怒り心頭のポーレ君はと見れば、白目を剝《む》いて気絶している。

ピピ、強く叩《たた》き過ぎたようです。

ロボッチはさらに一歩近づいてきて、ピノピたちの頭の上にフォークリフトを差し伸べ、臨時の屋根にしてくれた。

「よし、ピピ姉、下がろう」

二人でポーレ君を引きずって脱出した。ウィーンウィーンという音があとをついてくる。そして、あのロボッチも外へ出てきた。

「ど、どうもありがとう」

「どうイタシマして」

馬車専用の休憩所やゴミ収集車のロボッチより、ひとまわり大型である。金属製のボディは傷だらけで、煤《すす》や塗料で汚れている。目鼻も口もないのに声だけ聞こえてくるのは、どこかにスピーカーが内蔵されているからだろう。

「あなた、しゃべれるのね？」

「ハイ。ワタシははかせの、オリジナルなロボッチですからラ」

「はかせって？」

「カイ・ロウはかせデス」

「カイ・ロウさんって博士なの？」

「ハツメイ家です。はかせハ、ロボッチのうみのオヤなのです」

だったら優秀な科学者で技術者じゃないか。

「そんな立派な人がここにいるの？」

ピノがぺんぺんと頬《ほお》を叩き、ここでポーレ君が息を吹き返した。いきなり怒鳴る。

「本を粗末にする奴は許せ～ん！」

すると、目の前のロボッチが申し訳なさそうにうなだれた。首が軋《きし》んで、かすかだけど耳障りな音がした。

「モウシわけ、ありまセン」

あんたが謝るってことは――

「サキほどの、あれガ、はかせデス」

あの腰ミノじいさんが？　だったらオーナーの言うとおり、確かにゆるんでる。人間の理性を支える大事なネジが、一本どころか何本もゆるんでるぞ。

ところでこのエピソード、サブイベントで収まるのかしら？　出たとこ勝負の作者は知らない、担当編集のクリちゃんにもわからない。以下次節。

サブイベントその2
カイロウ図書館・4

「あのおじいさんがロボッチの発明者……」

まだちょっと目つきがおかしいポーレ君ですが、〈じじい〉ではなく〈おじいさん〉と呼ぶくらいにまでは落ち着きました。

「はかせオヒトリではなく、フジンとおふたりでカイハツしていたのデス」

「フジン？　ああ、博士の奥さんね」

オリジナルロボッチはうなだれたまま、

「ごふうふで、アクアテクでなかヨクくらしながら、けんきゅうとカイハツにいそしんでおられたのデス」

ところがその夫人が急な病気で亡くなってしまい、博士は悲嘆にくれた。そこへ追い打ちをかけるように、自宅の周辺が再開発特区に指定され、夫婦の懐かしい思い出がいっぱい詰まった自宅からも追い立てられることになってしまった。

「それで、ここへ引っ越してきたんですね」

「はかせはガラボスのごしゅっしんデスが、フジンはサンタ・マイラ生まれでシタ」

亡き夫人の故郷に移り住んだカイ・ロウ博士だったが、研究開発のパートナーでもあった愛妻を失った心の穴は埋まらず、むしろ深くなりでかくなる一方で、

「あんなふうに頭のネジがゆるんじまったってわけだな」

「気の毒に……」

一同、しんみりする。

「それにしても、博士があんな様子じゃ、ここで生活していくのは大変でしょう？」

学究的なだけでなく、こうした現実的な問題にも気が回るポーレ君。オリジナルロボッチはすぐに答えた。

「おきづかいアリガトウございマス。デモ、くらしのシンパイはありまセン。マイツキ、ロボッチのトッキョリョウがはいりマス」

アクアテクを離れるとき、カイ・ロウ博士は、その時点でほぼ完成していた汎用《はんよう》ロボッチの設計図から人工知能のプログラムまで、ひとまとめにして売っぱらってしまった。売却先は、現在ガラボスで一手にロボッチを製造している〈ウェイランド水谷〉という企業だという。

「ロボッチはジツヨウカされ、せいぞうコストもやすくなってきたのデ、〈ウェイランドミズタニ〉は、とてももうかっていマス。はかせのトッキョリョウもたいきんデス。

トショカンのゾウショが、ココにうつってから、さらにふえたくらいなのデス」

博士は今でも書物には興味があり、次から次へと買い込むのだそうだ。ただ、買って積んだらそれっきりで、読書することはなくなってしまった。

「大変ね。そうやって増え続けるこの本の山を、あなた一人で——じゃなくて、あなた一体で管理してるんでしょ？」

「〈ウェイランド水谷〉の隆盛によって、ロボッチがアクアテクや王都で働くようになる日も近いってことですねえ」

「ロボッチは食費がかかんねえし、博士もロクなものを食ってそうにないし、金が余ってそうだよなあ」

三人三様のコメントに、性格が出てます。

首を軋《きし》ませて、オリジナルロボッチは崩れかけた蔵書の山を振り返った。

「アクアテクでくらしテいたころ、このたくさんのショモツを、ホンがすきなヒトたちのためにトショカンとしてカイホウしようといったのは、フジンのアイデアだったのデス」

カイ・ロウ図書館はすぐにアクアテク市民の人気を集め、毎日大勢の人びとが通ってきて、好きな本を読んだり、読んだ本について語りあったりしてにぎやかだった。家族連れの利用者も多かったし、子供たちも大勢やってきた。

「はかせのフジンが、アクアテクでもゆうめいな、えほんコレクターだったからデス」

「ああ、なるほどね」

夫人が子供たちを集めて絵本の読み聞かせ会をしたり、子供たちと一緒になって指人形を作り、好きな絵本の筋書きをお芝居にして演じる学芸会みたいな催しもした。

「――あのころハ、しあわせでシタ。まいにち、トテモ、たのしかっタ」

目鼻のないロボッチに表情があるはずはないのだが、ピピはそのとき、オリジナルロボッチが懐かしそうな顔をしたように感じた。その合成音声が涙まじりに聞こえた。

「ピピ姉、またハウスダストのアレルギーが出たか？」

「もらい泣きしてンの！」

見ればピピだけでなく、ポーレ君もうるうるしている。

「まあ、何でもいいけどさ」

ピノは頭を掻《か》き、ピピは洟《はな》をかみ、ポーレ君は手の甲でごしごし涙を拭《ぬぐ》う。オリジナルロボッチは音をたててちょっとバックして、再び三人に向き合うと、

「ところで、みなさんハ、どんなごヨウでいらしたのデスか？」

あらためて問われるほどの用ではない。

「実はあたしたち、別口の〈回廊図書館〉を知ってるの。そことここが何か関係あるのかなって思って、見にきただけ」

「やっぱ、一ミリも関係なかったな」

「ソウですか。それはオキノドクさまデス」

「でも、せっかく来たんですから、もう少し蔵書を見せてもらってもいいですか」

ポーレ君は本の虫である。カイ・ロウ図書館のことを知らなかったのが、ちょっと悔しい。

「こっち側からは入れそうにないけど、どこか安全なルートはあります?」

「デハ、ごあんないしましょウ」

オリジナルロボッチの案内に従い、巨大なバラックの裏側に回り込むと、そちらは書籍の整理が行き届いていて、崩落の心配もない。ポーレ君は嬉々《きき》として本の山のあいだを巡り歩き、ピピも絵本の山を見て歓声をあげる。

「イマ、のみものをおだしシマス」

バラックの裏手にはちょっと大きめの物置があって、そこがオリジナルロボッチの家というか、ベースになっているらしい。様々なパーツが、きちんと手入れされて整然と並んでいる。オリジナルロボッチは両手のパーツをフォークリフトからマジックハンドに付け替えて、傍《かたわ》らにあるクーラーボックスを開けた。缶入りの飲物が入っている。

「おすきなモノをどうゾ」

「サンキュー」

オリジナルロボッチは、力仕事だけでなく、家事もこなせるのじゃないか。

「こうやって博士の世話をしてるのか？」

「おせわトいっても、ぞうしょのセイリのほかニは、ソウジとセンタクとカイモノぐらいデス」

博士のあのファッションを見ると、洗濯するべきものはごく少なかろう。

「料理は？」

「できるセッテイになってオリマスが、ここにはドウグがありまセン。はかせはファストフードがおすきなのデス」

台所らしい場所が見当たらないもんな。

人間らしい暮らしを完全に放棄しちゃってる感がある。

「奥さんを亡くして、よっぽどショックだったんだね」

「しかし、何か不思議だなあ。おまえ、どっからどう見たって金属の部品の塊《かたまり》なのに、こうやってちゃんと話ができるんだからさ」

カイ・ロウ博士夫妻は優れた発明家だったのである。

「なのにどうして、サンタ・マイラに出回ってるロボッチたちはしゃべれないんだ？」

「ハンバイようのはんようロボッチは、そのキノウをはずされているのデス」

〈ウェイランド水谷〉の方針だ、という。

「サイコウけいえいかいぎで、ロボッチはバンゴウでしていされたプログラムのさぎょうをするだけでいいのであり、オーナーとげんごでコミュニケートするひつようはナイとのけっていがあったのデス」

「ふうん。何でだろ。もったいないよな」

「おはなしできるト、たのしいデスよね」

オリジナルロボッチが本当に楽しそうな顔をした——と、ピピならまた思うところだ。

で、そのピピが、整頓《せいとん》された本の山の奥の方で、なぜか大声をあげ始めた。緊急事態を報《しら》せる叫びではなく、歓声のようだ。

「ピノ、ピノ！ ちょっと来てごらん！」

さらに、ポーレ君の声も加わった。

「ピノさん、早く早く！」

うるせぇなあと、缶ジュース片手に行ってみると、ピピは両手で何か分厚い書類綴《しょるいつづ》りのようなものを広げ、ポーレ君が横から覗《のぞ》き込んでいる。

「何だよ？」

「これ、見てごらんよ」

ピピの目が輝いている。

「子供たちの読書感想文集なの！ 博士の奥さんが、大事にとっててくれたみたい」

だからどうしたと、ピノはむくれる。

「それに何か重要な情報が書いてあンの？　魔王のこととか回廊図書館のこととか」

「そうじゃないけど、ホラ」

冒頭の部分を見ろ。

「〈ノンノンのだいぼうけん〉を読んで　パレ」

ピノは石化した。

「パレちゃんの感想文よ！」

「アクアテクで、パレさんもこの図書館の利用者だったんですね」

読者の皆様には、久しぶりの登場なので（しかもその間にくだらないことがいろいろあったので）、パレのことをお忘れかもしれません。現在消息不明の、ピノの幼なじみの女の子であります。

「あんたの大事なパレちゃんの作文よ。読みたい？」

ピノの前で綴りをひらひらさせる。ポーレ君が取りなすように、

「ピピさんピピさん、そんなふざけないで」

ピピは聞いちゃいねえ。

「読みたくないの？　アラ残念。じゃ、あたしが読みあげちゃおうかなぁ」

「ピノさん、しっかりしてください」

ちょいちょいと揺さぶられ、ピノの石化が解けた。すかさず〈ベビーサタン〉のようにくるるこちょちょ（しますよね、こういう音）と、ピピの手から読書感想文の綴りをちょろまかす。そして風のように逃げ出した。

「ちょっと待ちなさいよ。わらわら、捕獲ネット！」

逃げるピノの後ろから、わらわらの糸でできた魔法の投網《とあみ》が飛んでくる。

「ピピ姉、ヒキョーだぞ！」

「あんたが逃げるから悪いのよ」

ピノはジュウベエ直伝《じきでん》のニンジャ走りで本の山の壁を蹴《け》り、右へ左へはたまた天井へと移動しながら逃げる、逃げる。それは鮮やかな足さばき。が、ついうっかり読書感想文の綴りを取り落としちゃった！

「ほよ？」

騒ぎに興味を持ったのか、本の山の隙間《すきま》からカイ・ロウ博士が顔を覗かせた。読書感想文の綴りは、博士の目の前に落下する。

「ほほ〜い」

嬉《うれ》しげに拾い上げ、〈ピポサル〉のようにすばしこく逃走する博士。逃げながら歌っている。

「新し〜い♪　腰ミノ♪」

「しまった！　おい博士！　それで腰ミノ作るな！　頼むからやめてくれ！」

ダメだ、見失ってしまった。この本の山が作りあげている迷路は、博士にとっては庭みたいなものなんだろう。

がっかりして着地すると、そこへわらわらの投網がかぶさってきた。ピノはもう完全にスネてしまい、網をひっかぶったまま、その場でフテ寝。何だかんだと話しかけてくるピピとポーレ君のことも無視していたら、いつの間にか本当に寝てしまい、気がついたら馬宿〈うまかろう〉の寝台の上にいた。

馬宿の客室はロフト構造になっていて、一階部分が馬のスペース、階段を上がった二階部分が人の寝泊まりするスペースになっております。

「フテ寝から本寝してしまうなんて、ピノさんらしいですね」

ポーレ君は窓際の椅子《いす》に座り、マカメラを手にして笑っている。

ピノは肘《ひじ》とか膝《ひざ》とか首のまわりなんかを擦《さす》って、顔をしかめる。「オレ、身体中《からだじゅう》がヒリヒリするんですけど」

「ああ、それは――」

ポーレ君は首を伸ばし、階下《した》にいるピピの様子をうかがった。ポッカちゃんに話しかけながら、身体にブラシをかけてやっている。

「ピノさん、カイ・ロウ図書館からここまで、わらわらの捕獲ネットに包まれて引きずられてきたからですよ」

うわぁ、やることが容赦ねえ。「ポッカちゃんを連れてきてオレを馬車に乗せるとか、そうゆう考えは浮かばなかったわけ？」

「ピピさんが、勝手に寝こけてるんだからいいんだ、と」

ちなみに、ピノを引きずるという力仕事をしてくれたのは、オリジナルロボッチです。

ポッカちゃんの世話を焼くピピは上機嫌だ。編集長みたいに鼻歌をうたっている。

「──すみませんでした」

ポーレ君は真顔になって謝った。

「パレさんの読書感想文、最初に見つけたのは僕なんです。先に、こっそりピノさんに教えればよかったですね」

ピピの反応は、けっこう悪ふざけっぽかったからな。

「別に、もういいよ」

寝台から降りて伸びをするピノ。

「昔の読書感想文なんか読んでも、ああ懐かしいですねえっていうだけで、何かの役に立つわけじゃなし」

「ホントに、パレさんを探さなくていいんですか」

「今のオレたちはそれどころじゃないよ」

と言う台詞《せりふ》をかき消すほどの大きな音をたてて、ピノのお腹《なか》が鳴った。腹ぺこだ。

「じゃ、〈ジーノ〉へ行きましょう」

マカメラをポケットに入れて、ポーレ君はにっこり立ち上がった。

「ピピさん、ピノさんが起きたら一緒に夕飯を食べに行こうって、待ってたんです」

二人で階下に降りると、ピピはポッカちゃんの首を抱いたまま気まずそうに振り返った。ポーレ君は気をきかせて先に出て行く。

「おなか減った？」

「もう死にそう」

「――ごめんね」

悪ふざけしちゃったと、ピピも反省しているのでした。

「わらわらの捕獲ネットは反則だ」

ピノがしかつめらしく言うと、やっと目元をほころばせる。

「でも、あれ強力でしょ？」

「いつ覚えたの、あんな技」

「わらわらと仲良くなれば、自然といろんなことができるようになるの。あたしにとっても発見の連続で、面白いんだ」

ポッカちゃんの首を撫《な》で、

「明日はあの捕獲ネットでカイ・ロウ博士を捕まえてみる。読書感想文の綴りを取り返さなくちゃ」

「もういいよ。今ごろはたぶん新作腰ミノに化けちゃってるからさ」

ピノは自分でもびっくりするほどぐっすり寝ていたらしく、街に出てみたら、けっこうな数の店がもう閉店時間を迎えていた。但《ただ》し、宵《よい》っ張《ぱ》りのタイパン通りは別格。〈ジーノ〉もお客さんで満員だ。

スイングドアをひらり。

「こんばんは～。オーナー、飯食わせてぇ」

「おお、おまえらやっと来たか」

ずいぶん時間がかかったなあという野太い声の主は、蓄電自動車コンボイ野郎のミーゴである。料理の皿を前に、大きなジョッキでビールを飲んでいる。

「確かに、あたしたちみたいな子供には遅い時間だけど……」

ピピがきょとんとしてまばたきする。三人の当惑を、ポーレ君が代表して質問した。

「ミーゴさん、僕らのことを思い出したんですか？」

ミーゴは分厚い肩をすくめた。「思い出すもなんも、昼間、街道で会ったばっかりじゃねえか。んで約束したろ？　モンスターをさぱっとやっつけてくれた礼に、おまえらにここの飯をおごるって」

「え、ええ、はい」

「今日の昼間のことを忘れるほど、俺は年寄りじゃねえぞ」

ピノピは顔を見合わせてまばたきした。

ポーレ君、さらに尋問。「ではもうひとつ伺《うかが》います。ミーゴさん、怪我《けが》はもうすっかり治ったんですか？」

目の前のミーゴは、身体のどこにも怪我をしていないのだ。怪我を手当した様子もない。きれいに完治している。

ミーゴはぐりっと目玉を動かした。「怪我って、誰が」

「あなたがです。はっきり言ってボロボロでしたよ。誰かにボコられて」

コンボイ野郎のこめかみの血管がひくひくする。「さっきから、ンとにどいつもこいつも同じことを言いやがって」

クソ面白くもねえ！　と足を踏み鳴らす。

「俺がいつどこで、誰にボコられたってんだ、え？」

「だから今日の昼間、ボコボコにされてこの店に担ぎ込まれて――」

「それくらいにしときな」

ピピの背後からやわらかな腕がすうっと伸びてきて、肩を抱いた。

「三人ともこっちへおいで」

ウーラさんだ。もう片方の手はポーレ君の頭の上に載せ、顔はにこやかに、でも目顔で合図を送ってくる。いいからこっちへ来て。

「邪魔して悪かったわねえ、ミーゴ。どうぞ飲んでて。今、オーナーがピンクイカナゴのカルパッチョを作ってるところよ」

色っぽく科《しな》を作って声をかけ、三人をお客さんで満員の店内から厨房《ちゅうぼう》の方へと引っ張っていく。オーナーが頭から湯気を立てんばかりにフル回転で腕をふるっており、アナはテーブルからテーブルを飛び回っている。

「洗い物、また溜《た》まってますね」

「そうなのよ。ご飯を食べてから手伝ってくれない？」

三人にノーの理由はない。するとウーラさんは、厨房の奥のドアを開けて手招きした。

「あたしたちの休憩室よ」

ピノピとポーレ君は、ウーラさんのお給仕でまかない飯を美味《おい》しくいただく。それを眺めながら、ウーラさんは小声で言い出した。

「ミーゴ、おかしいわよね」

怪我をして倒れていたこと。ここで手当をしてもらったこと。すべて忘れている。

そもそも、怪我が消えている。

「そのかわり、あんたたちのことは覚えてるのよ。昼間のミーゴとは逆なの」

「──ふぁごの、きょうらい」

「ピノ、口のなかに食べ物を入れたまましゃべらないの。ミーゴさんに双子の兄弟がいるってことはありませんか」

「そんな話は聞いたこともないわよ」

ウーラさんは綺麗《きれい》に描いた眉《まゆ》を寄せる。

「だいいち、もしミーゴに双子の兄弟がいて、あんまりにもそっくりであたしたち親しい人間にも見分けがつかないとしても──」

ポーレ君の眼鏡《めがね》の奥で目が光る。「その場合は、あの派手な刺青《いれずみ》も寸分違《たが》わずそっくりで見分けがつかないという条件が付加されますね」

ウーラさんはちょっと詰まった。

「え？　えっと、ああそうね。ともかくそうだとしても、よ。どうしてその二人が別々にうちに来て、あたしたちを混乱させるような真似《まね》をしなくちゃならないの？」

ウーラさんは気を悪くしている。ピノピたちにではなく、この疑問に。

「ちょっとしたジョークとか……」

「ミーゴはそんなはた迷惑なことをする男じゃないわよ。見た目はあんなふうにごついけど、男気があって親切で子供好きなの」

ふわふわオムライスをスプーンですくい、ポーレ君はうなずく。「確かに、僕らが最初に会ったミーゴさんは、そういう感じの方でした」

仮に、昼のミーゴと夜のミーゴが双子の兄弟だったとしたら、昼のミーゴが〈ジーノ〉に居合わせた人たちの世話になったことを、夜のミーゴが礼を言いに来て、その場の客全員に一杯おごるとか、そういうことなら確実にやりそうな気がする。でも、双子であることを隠し、互いに知らん顔をして周囲を煙《けむ》に巻くなんて、あのコンボイ野郎らしくない。

ウーラさんは目を伏せると、早くもピノがつるっと空にしたお皿を取って重ね、小さくため息をついた。

「オーナーには笑われちゃったんだけど、あたし、薄気味悪くって」

まるで偽者のミーゴがいるみたいだから、と言う。

「あんたたちが街道で会って、今店にいるミーゴ、あっちが本物ね。昼間、大怪我して担ぎ込まれてきた方が偽者」

「あたしたちのことも覚えてなかった」と、ピピも呟《つぶや》く。「忘れてるっていうより、最初から知らないって感じだった」

「つまり別人」と、ポーレ君も低く呟く。「本物と偽者ですか」

「だからぁ、なかのわるいふらごじゃねえの？」

デザートの堅焼きプリンを口いっぱいに詰め込んで発言するピノを、一同は無視。

ピノはプリンを飲み下し、言った。「ウーラさん、ミーゴのおっさんと付き合ってンだろ？」

ウーラさんはみるみる赤くなった。成熟した大人の女性だって、はじらうことはあるのですよ。歳《とし》だけとったけどまったく成熟していない作者が言うのも何ですが。

「え、違うの？」

「ピノったら」

「じゃ、現在進行形じゃなくて過去形か。付き合ってたことがあるの？」

ピピがピノを張り倒す。「ちっとは遠慮しなさいっての！」

ウーラさんは頬《ほお》を染めたまま笑いだした。

「いいの。悪いわね、気を遣わせちゃって」

そうよ過去形よ、と続ける。

「あたしがまだ独り身のころ、二年ぐらい付き合って、別れたの。あの人は自由人だから、ここに腰を落ち着けてくれっていったって無理なのはわかってたから、しょうがない」

でも、そのあたしが言うのだからこの不安は故《ゆえ》のないものではない。ウーラさんの切迫した目つきはそう語っていた。

「昼間のミーゴは偽者よ。すごくよくできてる偽者。あの人じゃない」

「でも、もう本物が戻ってきたんだからいいじゃんか」

「そうはいきませんよ。あの様子だと、本物のミーゴさんは偽者のミーゴの存在を知らないみたいです。偽者のミーゴは、今この瞬間にもどこかで勝手なことをしているかもしれない」

ウーラさんは、今度は感嘆を示す仕草としてポーレ君の頭に手を置いた。

「あんた、賢いねえ。学校でも成績がいいんでしょう。ちゃんと勉強するんだよ。間違っても中退なんかしちゃいけないよ。なんだかんだ言ったって、やっぱり学校は出ておかないとね」

元ヤンの人生訓でした。

「お話はわかりました。ウーラさん、元気を出してください」

ピピは明るく笑いかける。

「あたしたちもミーゴさんと話してみます。もしかしたら、バカみたいな勘違いが原因なのかもしれません。ともかく、一人でそんなに悩まないで」

「別に悩んじゃいないけど」

苦笑しつつ、ウーラさんの目は晴れない。

「ただ薄気味悪いだけなんだけどね。もしかすると、あたしの方がおかしいのかもしれないし。でも、こんなことでお医者にかかったって意味ないじゃない？」

「ミーゴさんのことなら、ウーラさんの感覚はちっともおかしくありませんよ。安心してください」

と、ここでウーラさんの笑みが固まった。

「どうかしましたか」

「安心……しきれないのよ」

だってミーゴのことだけじゃないから。

「は？」

ウーラさんは前屈《まえかが》みになり、手振りで三人に、「寄って寄って」と示した。言われた

とおりにすると、

「あんた、寄りすぎ」

ピノはちょっと押し戻されました。

ウーラさんはひそひそと声を殺して、

「あんたたち、アナをどう思う？」

こういう問いかけに、ストレートに「若くて美人でイケてると思います」と答えてはいけません。

「どう思うって……」

思い入れたっぷりに数秒の間を置いて、ウーラさんは言った。

「あたし、アナも偽者になってるような気がするの。昼間のうちは、本物のアナだった。でも、今一緒に働いてるのは、アナそっくりの偽者なのよ。どうしてもどうしても、そんな気がしてたまらないの」

さあ、さすがはサンタ・マイラ、『盗まれた街』だ。このエピソードもサブイベントを脱出し、本題に入ります。次は第8章の始まり始まり！

第8章 サンタ・マイラ代理戦争

この章題を見て、すかさず『仁義なき戦い　代理戦争』を想起された貴方《あなた》。アナタのような方のためにこそ、作者はこのボツを書いているのでございます。は？　それよりもっと「まともな小説」を書けとおっしゃる？

おかけになった電話は、現在電波が通じない場所にあります。

さて。

ウーラさんの突飛な話を聞き、ともかくも「また明日」と手を振って馬宿〈うまかろう〉に引き上げてきたピノピとポーレ君ですが、思うところは三者三様。

「ウーラさんとアナって、もともとそんなに仲良くないんじゃねえの」

「それって、アナさんが偽者にすり替わってるというウーラさんの主張は、一種の悪口だって意味？」

「女同士だからさぁ」

「何でもそれで片付けるのはよくないよ。女は猜疑心《さいぎしん》が強いとか嫉妬深《しっとぶか》いとか、だから一見仲良さそうに見えても実は心のなかは裏腹なんだとか」

「オレはそこまで具体的なコト言ってねえよ、ピピ姉」

窓際のお気に入りの椅子《いす》に落ち着いて、ポーレ君は沈思黙考。やがてぽつりと呟《つぶや》いた。

「――カプグラ症候群かもしれませんねえ」

ピノピは顔を見合わせる。

「カプセル症候群？」

「グラビア症候群？」

ピノピのピンボケには免疫バリバリのポーレ君は気にしない。

「自分のまわりの親しい人びと――家族や配偶者や友人たちが本物ではなくなっている、偽者とすり替わっていると訴える、認知障害の一種です」

原因は心理的なものではなく、脳の神経伝達システムの一部に不具合が生じて、記憶と現実を照らし合わせて正しく認識できなくなることにあるという。

「へえ～。ポーレ君、どうしてそんなこと知ってるの？」

「ラマチャンドラン博士のご著書を読んだからです」

「インチキくせえ博士だなあ」

「名前の印象だけで判断してはいけませんよ、ピノさん」

詳しくは、名著『脳のなかの幽霊』をひもといてみてください。

「ウーラさんにも、僕があれこれ説明するより、博士の本を勧めた方がいいかなあ。カイ・ロウ図書館の蔵書にあるかなあ」

首をひねるポーレ君に、ピピは言った。

「ポーレ君は、カイ・ロウ図書館のことは全然知らなかったのね。アクアテクにあったころは、大評判の私設図書館だったっていうのに……。あたし、ちょっとびっくりしたの」

「はい、驚かれても無理はありません。僕も、いろいろな意味合いでちょっぴり悔しかったですから」

ポーレ君は素直である。

「僕は、生まれてこの方、本には不自由したことがないんですよ。本が欲しいと言うと、両親はいつでもすぐ買ってくれました。だからうちにはすごい書庫があるし、つまりうちが図書館みたいなものなんで、僕には他所《よそ》から本を借りるという発想がなかった」

だからカイ・ロウ図書館の評判が耳に入ってこなかったし、仮にちらっと聞きかじったとしても、気にとめなかったろうと言う。

「それってすごく恵まれたことなんだなあって、今、痛感しています」

僕は甘ちゃんだったんだなあ、と言う。

そうね、とピピも女の子らしいため息をついた。「何だかんだ言って、あたしたちは

三人とも幸せよ。うちはポーレ家ほどお金持ちじゃないし、ピノとあたしは離ればなれになって育ったけど、それぞれ可《か》愛《わい》がってもらってきたし」

ピノが不機嫌丸出しで遮《さえぎ》った。「パレの話をするんじゃねえ」

「誰もパレちゃんが不幸せだなんて言ってないわよ」

「言ってるじゃんか!」

まあまあと、いつものように姉弟《きょうだい》を宥《なだ》めるポーレ君。

「やあ、星がきれいだなあ。サンタ・マイラって空気がいいんでしょうか」

窓際に身を寄せて、夜空を仰ぐ。

「そうだ、せっかくだから写真を撮《と》って、ルイセンコ博士にも見せてあげましょう」

いそいそとマカメラを取り出し、レンズを夜空の方に向けて、構図を考えたりしている。

「夜空なんか撮れるのか？」

「魔法石の力を使ったカメラなんだから、万能なのよ、きっと」

「ピピ姉もいい加減なこと言うなあ」

「何よ、だったらピノはマカメラの構造や原理をちゃんと理解してるわけ？」

作者も理解していないので、それは無理でしょう。タカヤマ画伯がメカの解説で分解図を描いてくれるのを待ちましょう。

つまんないことでぶうぶう言い合いをする姉弟を、今度はポーレ君は宥めない。何となればこの本の虫少年は、夜空に向かってマカメラを構えたまま、窓の前で固まっているからだ。

と思ったら、マカメラを下ろした。両目を瞠《みは》って、窓越しに夜空を仰ぐ。と、やおら窓を開けにかかった。そしてまたマカメラを構えて星空にレンズを向ける。

またマカメラを下ろす。その顔色が変わっていく。ポーレ君は眼鏡《めがね》をむしり取ると、マカメラを構える。下ろす。構える。下ろす。どんどん青ざめて、目がまん丸になってゆく。

「ポーレ、どした？」

「そ、そ、そ」

「こっちが訊《き》いてるんだよ。何に〈そう〉なんだ?」

「そ、そ、そら」

「空とぼけてま〜すって、ギャグ?　ンもう、あたし寝るわ。冷えるから窓を閉めてよ」

「そら、そら、そら」

「ソラの次はシド。でもこのボツはＦ Ｆ《ファイナルファンタジー》じゃねえから、シドはどこにもいねえよ」

ポーレ君は大音声《だいおんじょう》で叫んだ。

「空飛ぶ円盤です!」

ええええええ〜?

さすがのポーレ君も未知との遭遇に泡を食っているので、作者がちゃちゃちゃっと説明いたします。肉眼では美しい星空が見えるだけだけど、マカメラのレンズを通すと、そこに巨《おお》きな円盤が一機浮かんでいるのが見える、と。

かわりばんこにマカメラを覗《のぞ》き、ピノピもそれを確認しました。

「『インデペンデンス・デイ』級か?」

「そこまで大きくはないわね。形はどら焼きみたいだけど、サイズとしては『宇宙戦争』級よ」

「トライポッドはどうして地面の下に埋まってたんだ？」

「そんなに気になるなら、スピルバーグ監督に直《じか》に訊いてきなさいよ」

DVD特典のオーディオ・コメンタリーを聞いても、今ひとつよくわかんないんだよね。

「お二人とも、しっかりしてください！　これは映画じゃありません。ボツの現実です」

ポーレ君はわなわな震えている。

「ど、どうしましょう。侵略ですよ。『謎《なぞ》の円盤ＵＦＯ』ですよ！」

「あれって、ラストはどうなったの？」

「何かはっきりしなかったよね。話がしぼんじゃって」

「そういえば、うちの作者はね、『逃亡者』の最終回だけ観《み》てないんだって」

「あるある、そういうのってあるよ。『プリズナー№6』の最終回を知らないとか」

『逃亡者』ほど全国民的に盛り上がったテレビシリーズではありませんが、ずっと後年の『アメリカン・ゴシック』（その筋の好き者にはたまらないドラマ）、作者はあれも最終エピソードを観てないんですよ。どうなったのかしら。まあ、ラストを観ても理解できなかった『ツイン・ピークス』みたいな例もあるからいいけど。

　ポーレ君はピノピのあいだに身体ごと割って入り、ピノの手からマカメラをもぎ取った。

「そういう話はやめ！」

　すみませんでした。

「警察に報《しら》せましょう。いや、軍隊かな。王都の警備隊に報せた方がいいのかな」

　科学特捜隊がいいんじゃない？

「あら、行っちゃうよ」

　うろたえるポーレ君からまたちゃっかりマカメラを取り上げて、夜空を仰いでいたピピが言う。

「円盤、ぐんぐん上昇してる。わぁ、斜めになって、すご〜いアクロバティック！　『プロメテウス』の冒頭みたい」

　五十年前の作品も去年の作品も同じようにＤＶＤで観ることができるから、昨今、映画の新旧はほとんど無意味になりましたね。

　ところで、『プロメテウス』は駄目ダメだという方のご意見には、作者はちょっと異論があります。あれは『エイリアン』の直系の子孫にして正しい前日譚《たん》。失敗作だと感じてしまうのは、『エイリアン』シリーズの流れの先に『プロメテウス』を位置づけてしまうからじゃないかしら。

『エイリアン2』はアクション映画、『エイリアン3』は宗教映画、『エイリアン4』はダークファンタジー。(一応)話がつながってはいるんだけど、それはストーリーの一部をバトンタッチしているだけであって、実は個々に独立した別種の作品だと、作者は思っております。で、『エイリアン』は神話。『プロメテウス』は神話の序章なのです。

「作者が余計なこと言ってるうちに、円盤、いなくなっちゃった」

今夜はまだ円盤に接近したくないので、逃がす時間を稼ぐために余計なことを書いてたんですよ。

「ルイセンコ博士に頼んで、ボッコちゃんを『パシフィック・リム』のあのロボット〈イェーガー〉みたいに改造してもらって、大規模な侵略に備えた方がいいかもしれませんね!」

息巻くポーレ君、親日家《おたく》のギレルモ・デル・トロ監督にお願いするなら、〈ブレイド〉か〈ヘルボーイ〉を派遣してもらうだけで、たいがいの侵略者より強いと思うよ。インパクト強くて脅しが利く点では〈ペールマン〉もいいけど、それだと君たちの命も危なくなっちゃうよね。

ともかく、子供はもう寝るべし。

翌朝、〈うまかろう〉で旨《うま》い朝ご飯を済ませると、ピノピとポーレ君は勇んでカイ・

ロウ図書館へ向かった。

「あそこなら、確実に〈アクアテク・ジャーナル〉がありそうです」

ポーレ君、〈ジーノ〉のマスターたちが、「今週号はUFO大特集だった」と話していたのを思い出したのだ。寝ているあいだもよく回る頭だこと。

カイ・ロウ図書館は昨日と同じく傾いていて、ひっそりとして人影がない。オリジナルロボッチの姿も見えない。

「おはよう、オリジナルロボッチさん！」

ピピが呼んでも返事なし。

「どうしましょう。僕らが勝手に入り込んでも、どこに何があるかわかりません」

また書籍の山の下敷きになりかけるのがオチである。

「お〜い、オリジナルロボッチぃ」

ピノの呑気《のんき》な呼び声に応じて、傾いたバラック群の裏手の方から声がした。

「あいつにも名前はあるんじゃ」

白衣を着た小柄なお年寄りがひょっこり現れて、こちらに近づいてくる。

「アシモフと呼んでやってくれんかな」

ピピ、ピノ、ポーレ君はその場で硬直した。

白衣のおじいさん――その顔には見覚えがある。というか忘れられない。カイ・ロウ博士だ！

「うっそぉ……」と、ピピが呟く。

今日はシャツとズボンを着用、靴も履き、靴紐《くつひも》もきちんと結んであり、その上から清潔な白衣を羽織り、さらにパイプを手にしている。どこから見てもまともな大人。シュレッダー腰ミノは影も形もなし。

「アシモフは、手足の関節のジョイント部分に油を差したばかりなんでな。あと十分ほどは休ませてやらんと。君たち、おはよう。わしの図書館に本を読みに来たのかね？」

ぽかんと口を開けていたポーレ君が、我に返ってうなずいた。「は、はい！」

「早起きの子供たちだね。しかし、申し訳ない。わしがちょっと目を離しているあいだに、蔵書がめちゃくちゃにされてしまっての。片付けないことには、危なくて近づくこともできん有様じゃ」

それはおっしゃるとおりです。だけど、この大乱雑蔵書の山は、ちょっと目を離していた隙《すき》にできたものじゃありません。カイ・ロウ博士、覚えてないの？

「申し訳ないが、ご希望の本の貸し出し申請書を書いて、午後に出直してくれまいか。君たちの読みたい本を探しておくよ」

「で、では、そうします」

「申請書は裏手の事務室に――」

「はい、知ってます！」

返事して、ピピはポーレ君の手を引っ張って駆け出した。ピノも続く。

「アシモフはどこだ？」

昨日、ピノに飲物をふるまってくれた場所、物置みたいなベースのなかに腰掛けていた。背中の真ん中に太いコードのついたプラグが差し込んである。充電中らしい。

「オハようゴザイます」

「ロボッチ！」

「アシモフさん！」

「ねえ、いったいどんな奇跡が起きたの？　博士がまともになってるじゃない！」

口々に叫ぶ三人を前に、オリジナルロボッチはゆるゆると首を横に振り始めた。軋《きし》む音がしないところをみると、油が効いているのだろう。

「アレは、ハカセではありまセン」

へ？

「ほんもののハカセではありまセン。ニセモノにすり替えられてシマイました」

ここでもそれかよ。

「どういうことですか。落ち着いて説明してください」

アシモフは落ち着いている。興奮しているのはポーレ君の方だ。

「けさ、ワタシがキドウしたら、ハカセがああなっていたのデス」

昨夜、オヤスミナサイと言ったときには、シュレッダー腰ミノ姿だった。

「でも、あのまともな姿は、奥さんを亡くす前の博士なんでしょ？」

「ハイ、そうデス」

「だったら治ったのよ」

アシモフはかぶりを振り続ける。「チガイます。あれはハカセではありまセン」

昨日もそうだったけれど、のっぺりした金属製の箱みたいなアシモフの顔に、やっぱり表情が見える。ピピには見える気がする。悲しんでいるし、訝《いぶか》っている。緊張しているようにも見える。

「なんでわかるんだ？」

「ワタシはハカセにつくっていただキ、ずっとオソバにつかえてきまシタ」

だからわかる。あれはニセモノだ。アシモフはそう繰り返すばかりである。

アシモフのボディの背後で、ピーという音がした。充電完了のようだ。

「アシモフ、もう動ける？　あたしたち、〈アクアテク・ジャーナル〉っていう三流雑誌を探しにきたの」

いきなり三流とはご挨拶《あいさつ》ですが、インチキ雑誌よりはまだましか。

「今週号、あるかしら」

「〈アクアテク・ジャーナル〉なら、ソウカンゴウからスベテほかんしてありマス。フジンがていきコウドクしておられまシタから」

それはちょっとどうかと思うが、助かった。

ピノがコードを抜いてやると、アシモフはすぐ立ち上がり、右腕にフォークリフト、左腕にマジックハンドのパーツを装着し、バラックのなかの書籍の山へ分け入ると、二分とかからずに戻ってきた。

〈アクアテク・ジャーナル〉通巻第一二五号。

そんなに出てるんだ、この雑誌——と驚いてる場合じゃない。もっと大事なことがある。

《宇宙艦隊現る！》

という大見出しが躍る表紙。それをぺらりとめくると現れる巻頭グラビア。どちらの写真も、夜空に浮かぶ〈『宇宙戦争』級どら焼きタイプ空飛ぶ円盤〉を撮ったものだ。

昨夜、ピノピたちがマカメラ越しに目撃したものと酷似している。

「これ、サンタ・マイラ上空って書いてあるよ！」

「じゃ、僕らが見たのと同じ円盤かもしれませんね」

〈ジーノ〉の皆さんは「合成バレバレだ」と笑っていたけれど、これは事実を写したものなのだ。なのに、〈よくできた合成〉に見えてしまう。昨今ありがちな現象です。

「しかし、不正確だなあ」

ポーレ君が渋い顔をしている。

「何が不正確なの？　こんなにはっきり写ってるのに」

「え？　いえ、写真のことじゃありません。表紙の惹句《じゃっく》ですよ。どの写真にも円盤は一機しか写っていないのに、どうして〈宇宙艦隊〉という言葉を使うかなあ」

ポーレ君らしいこだわりです。

表紙も含めて写真は五枚。円盤の全体像が写っているものもあれば、端っこだけのものもある。すべてサンタ・マイラ上空で撮られたものだが、背景は微妙に異なっている。

「似てるけど、ひとつひとつ別々の円盤なのかもしれない。そしたら五機ってことになるんじゃない？」

撮影者にはその見分けがついたのか。

「〈アクアテク・ジャーナル〉へ行って、これを撮ったカメラマンの話を聞きましょう」

「ってことはアクアテクへ戻るの？」

「手間ですけど、やむを得ません」

なんて話しているピピとポーレ君のそばで、物置に保管されている工具や道具やがらくたの類《たぐ》いを物色していたピノ。

「おい、これ何だ？」

不気味なものを発見してしまって、思わず声をあげました。

「これ、昨日博士が着けてたシュレッダー腰ミノじゃねえか？」

工具箱とバッテリーパックの隙間に突っ込んであった。

「頭のネジのゆるみが治って着替えたから、要《い》らなくなったんでしょ」

「だったら捨てりゃいいじゃんか。なんでこんなところに隠しておくんだよ」

「記念にとっとくつもりだったとか」

ピピはけろっとしているが、ポーレ君はいっそう真顔になった。

「確かにおかしいですね……」

指令を待つように静止しているアシモフを振り返ると、

「ねえ、アシモフ。君はやっぱり、あのまともな博士は偽者だと思う？」

「ハイ」

「じゃ、この街には君のほかに、昔の博士を知っている人はいないかい？」

優秀なロボッチは、考えたり思い出したりする必要がない。アシモフはすぐ答えた。

「ニンゲンには、おりまセン」

「ってことは、ロボッチならいるのかな」

「はい、イッタイだけデスが」

〈大鉄屋《だいてつや》〉という蓄電自動車整備工場で働いている、ハインラインという名前のロボッチだという。

「ワタシとおなじオリジナルロボッチで、ハカセが、ダイテツやのシャチョウにプレゼントしたものなのデス」

博士がまだアクアテクに住んでおり、夫人も健在なころに作った試作品だから、まともな博士をばっちり覚えているはずだ、という。

「ただ、ワタシよりもまえのバージョンなのデ、ハインラインにはハッセイきのうがございまセン。ロボッチせんようのアセンブラげんごヲ、ワタシがつうやくいたしマス」

「よし！　それならそのハインラインに来てもらおう」

ピノピ抜きでどんどん話を進めるポーレ君は、脇役《わきやく》であることを忘れているようです。

「ね、ちょっと待って」と、ピピがブレーキをかける。「方針としてはそれでいいと思うけど、ハインラインは工場で働いてるんでしょ？　いきなり連れ出すのは難しいだろうし、話も通じにくいわよ」

だから、写真を撮っていきましょう。

「今のまともな博士の姿をマカメラで撮って、ハインラインに見せるの。こういうことになってるんだけど、ちょっと来て博士に会ってくれないかって」

「なるほど」と、ポーレ君も納得。「では早速撮りましょう」

ちょうど、白衣姿の博士がパイプをくゆらせながらぶらぶらとこっちへやって来るところだ。ポーレ君はマカメラを構えてレンズを覗き込んだ。

で、そこで固まった。

マカメラを下ろす。その顔色が変わる。眼鏡をはずし、マカメラを構え直す。下ろす。構える。下ろす。真っ青になって、両目が今にも飛び出しそうだ。

「ポーレってば、今度は何だよ」

ポーレ君の手からマカメラをもぎ取り、ピノは鼻で笑う。

「何を驚いてンだか知らないけど、それでなくても怠け者のうちの作者に、コピペで同じ文章を繰り返せばオッケーってな描写をさせるんじゃねえよ」

ピノはマカメラのレンズを覗く。カメラを向けられていることに気づき、カイ・ロウ博士がにっこり笑ってピースサインを出した。

ピノはマカメラを下ろす。顔色が変わる。深呼吸をひとつして、マカメラを構え直す。下ろす。構える。下ろす。そして目を剝《む》く。

ああ今月は楽だわ、コピペ万歳♪

「あんたまでどうしたっていうのよ」

憮然《ぶぜん》とするピピに、ピノは呻《うめ》く。

「――オレ、嫌いなんだ」

「何が」

「青臭いからイヤなんだよ。サラダとか炒《いた》め物に入ってると、箸《はし》やフォークでよけちゃってさ、いつも母さんに叱《しか》られてた」

わけがわからない。

カイ・ロウ博士はバラックのなかに入っていく。パイプをくゆらせたまんまだ。ピピはとっさに大声で呼びかけた。

「はかせ〜！　パイプ消してください。本の山に火が点《つ》いたら危ないでしょ！」

出入口のところに、自分で〈敷地内禁煙〉って掲げているのに、忘れたのか。

「ピピさん」

硬直が解けたのか、ポーレ君はぶるぶる震え出した。「あれは博士じゃありません」

ピノもうなずく。「うん、博士じゃない」

ピピは憮然を通り越して憤然。

「じゃ、いったい誰だっていうの？　ピノも何おかしなことを言ってンのよ」

「だから嫌いなんだよ、あれ！」

博士が慌てた様子でバラックから出てきた。言わんこっちゃない、パイプの火の粉が飛んでしまったらしく、古本を手にしてバタバタ振っている。表紙が焦げているらしい。

その姿に向かって、ピピはマカメラを向けてレンズを覗く。

で、マカメラを下ろす。以下、さっきのピノと同じことをやるので略します。

本能的に声を押し殺し、〈博士〉に聞こえないように、ピピは囁《ささや》いた。

「あれ、何なのよ？」

莢《さや》だ。豆の莢だ。

だが等身大だ。夏の終わりに掃除しないでほったらかしにされてアオミドロがどろんどろんに繁茂しちゃった学校のプールの水みたいに濁った緑色。

その莢に、ひょろっとした手足がついている。目鼻はない。のっぺらぼうだ。

「——莢ニンゲンです」と、ポーレ君が囁き返す。冷や汗びっしょりだ。

「な？　サヤインゲンだろ。オレ、大っ嫌いなんだ」

コトの重大性がわかっていないピノを除き、ピピとポーレ君と作者と担当編集のクリちゃんと、このシリーズをご愛読くださる奇特な読者の皆様にとっては、緊迫の急展開でございます。

第8章
サンタ・マイラ代理戦争・2

「大至急、確認しなくちゃいけませんね」

というポーレ君の提案で、ピノピたちは食堂〈ジーノ〉へとって返す。

「アナさんですよ。彼女も莢《さや》ニンゲンにすり替えられている可能性が高い」

となると次は、それに気づいて怪しんでいるウーラさんが危ない。

とりあえず、偽者カイ・ロウ博士のことはアシモフに頼んできた。こちらが偽博士の正体に気づいたことを悟られないよう、くれぐれも注意して、普通に接しつつ慎重に見張ること。偽博士が何か怪しげな動きを見せたら、かまわないから取り押さえて、バラックのどこかへ閉じ込めちゃえ――なんていうアバウトな指令をちゃんと理解して従ってくれるアシモフは、つくづく優秀なロボである。

「ポーレ君、マカメラを大事に守ってね。今のところ、本物の人間と莢ニンゲンがすり替わってる偽者を見分けられるのは、マカメラのレンズだけみたいだから」

「合点《がってん》、了解しています！」

息せき切って〈ジーノ〉に到着した三人を待ち受けていたのは、出入口のドアにぶら下がった〈本日休業〉の札でした。

「おかしいわね」と、ピピは険悪に目を細める。「オーナーは、うちは年中無休だって言ってたわよ」

「窓から覗《のぞ》いてみよう」

とはいえ、お店の窓はすべて、赤白チェック柄のカーテンが閉まっている。開いているところはないかと、裏口にまでぐるりと回っていった三人。

「おかしいですね」と、今度はポーレ君が顔をしかめた。「外のゴミ缶にゴミが溢《あふ》れかえっています。だらしないな」

確かに、外置き用の大型ゴミ缶が二つ、いつも据えてある位置からちょっとズレていて、溢れたゴミのせいで蓋《ふた》も外れている。だから臭気がひどい。

人手不足で苦労している〈ジーノ〉だが、ピノピたちがバイトを始める前も、ゴミの始末だけはちゃんとしてあった。食べ物を供する店として、これだけは手抜きができないと、これもオーナーの言である。

ちょうどそのとき、裏口のドアの向こうで物音がした。三人はぱっと飛び下がり、そこらの物陰に隠れた。

ドアが開き、出てきたのはウーラさんだ。今日も美人だけれど、何となく顔色が冴《さ》えない。いつもは真っ白なエプロンも汚れている。

ウーラさんは、厨房《ちゆうぼう》内にある生ゴミ用の小型ゴミ缶を抱えていた。バタバタとサンダルを鳴らして大型ゴミ缶に近づくと、ちゃんと蓋を取らずに、小型ゴミ缶を無造作にひっくり返して中身をぶちまけた。野菜の皮や切りくずや卵のカラなんかが盛大に散らかる。ウーラさんはそれを気にもせず、あろうことか足元に落ちた生ゴミをサンダルで踏んづけて、また店内に戻っていった。

信じられない。ピノピは顔を見合わせる。ウーラさんとアナは二人とも、レストランのウエイトレスの鑑《かがみ》みたいだったのに、まるでヒトが違っちゃっている――

ん？　ってことは？

「はい、お察しの通りです」マカメラを目にあてたポーレ君がうなずいた。「あのウーラさんは偽者です。莢ニンゲンですよ」

ピノピは青くなった。

「手遅れだったのね」

「オレ、あれ青臭いからイヤなんだよ」

ピノは、ここに至ってもまだ問題点をわかっていない。

「オーナーは無事かしら？　確かめてみましょう」

物陰から立ち上がろうとするピピを、ポーレ君が片手で止めた。どうして片手なのかといえば、もう片方の手でマカメラを持って、まだ目にあてているからである。そして、〈ジーノ〉の裏口のある路地と、その先にある通りを見渡している。

「オーナー一人を助け出せたとしても、どうにもなりません。いろんな意味で手遅れ状態です」

「どういうこと？」

問い返すピピに、ポーレ君はマカメラを差し出した。「ごらんの通りです」

ピノピは交替でマカメラを覗き込み、息を呑《の》んでしまった。

ここは、賑《にぎ》やかなサンタ・マイラのなかでも人気店が集中している場所だ。裏路地でもけっこう人が行き来する。建物の二階や三階のベランダに出ている人もいる。

その人たち、みんなが莢ニンゲンだ。

「ど、どうしよう……」

ピノはマカメラを下ろして呟《つぶや》いた。「あいつら、みんな何やってンだ？」

ベランダの莢ニンゲンたちのことだ。

「洗濯物を干すわけでも、植木に水をやるわけでもなし、ぼうっと突っ立ってるだけだぞ。植物だから、日光浴が必要なのかな」

ピピとポーレ君は周囲を見回してみた。マカメラなしの裸眼だと、そこここのベランダに人がぼんやり佇《たたず》んでいるだけのように見える。平和な眺めではあるけれど――

「そういえば、道を歩いてる人たち（マカメラを通すと実は莢ニンゲン）も、かったるそうだよね」

活気とか忙しさが感じられる動きではない。

「人間から莢ニンゲンにすり替わると、怠け者になるのかな？」

さっきのウーラさんのゴミ捨ても、ぞんざいで怠惰だった。

「でも、カイ・ロウ博士はむしろまともになってたぞ」

「本物のカイ・ロウ博士があまりにも変人すぎちゃって、真似《まね》できなかったのかも」

積極的に「こいつだけは真似したくない」と思ったのかもしれません。あるいは、シュレッダー腰ミノ一枚じゃ寒かったとかね。

「僕、思うんですけど……」

指で眼鏡《めがね》を押さえつつ、ポーレ君は考え込んでいる。

「莢ニンゲンは、人間の形状や動作を真似ることができる。でも、それはあくまでも表面的なものだけであって、頭の中身、つまり知識や経験までコピーして成り代わることはできないのじゃないでしょうか」

するとどうなるか？

「ウーラさんが習慣でそうしていたから、彼女に成りすますためにゴミ捨てをする。でも、なぜゴミ捨てをするのか、その理由はわからない。だから乱雑なやり方をしてしま

「コピー元の人間がそうしていたから、ベランダに出たり、道を歩くことはできる。でもその行動の目的までは理解できないから、ただ突っ立っているし、ただ歩くだけ」

　ふむふむ。

「だから博士の場合も、まともに、温和《おとな》しくなったわけね」

「はい。あの服装とパイプは、アクアテク時代の博士の写真がお手本じゃないでしょうか。カイ・ロウ図書館の開架コーナーには、博士の功績を報じる新聞記事のスクラップも置いてありましたから」

　ポーレ君、そんなものまでチェックしておりました。

「だけど、パイプに火をつけて手に持つことは真似できても、莢ニンゲンにはその意味がわからない。古書でいっぱいのバラックのなかに火気を持ち込んじゃ危ないということも、当然ながら理解できなかった、と」

　ポーレ君はちょっと悲しそうな顔をした。

「莢ニンゲンはきっと、〈生活する〉ということがわからないんですよ。彼らの生息地には、生活や労働によって成り立つ〈社会〉が存在していないのかもしれません」

　いきなりそんな難しいこと言われても、ピピには何ともコメントできない。が、ピノは横目でポーレ君を見る。

「そんなのあったりまえじゃねえか。だってあいつら、莢なんだぞ？　中身は豆なんだぞ。畑で茎や枝からぶら下がってるだけの連中じゃねえか」

「はあ、そうですねえ」

「だいたいあいつら、どこから来たんだ？」

「外宇宙でしょう」

「じゃ、あの円盤で？」

「はい、侵略しにきたんですよ」

するとピピが「あっ！」と叫び、慌てて自分の口に手で蓋をした。

「ねえ、あの円盤こそが、今回あたしたちが攻略するべき、ボツのゲーム世界なんじゃない？」

宇宙ものです。

「今回は、あたしたちがその世界に行くんじゃなくて、向こうから来てくれたのよ」

手間が省けてけっこうなことです。

「じゃ、行こうよ。あの円盤を探して乗り込んで、侵略者・莢ニンゲンをやっつけようよ。豆なんか束になってかかってきたって、あたしのわらわらと、ピノの羽扇《うせん》ビームでイチコロよ」

「待ってください、そう簡単にはいきませんよ」

宥《なだ》めるポーレ君に、珍しくピノも同調する。「そうだよ、ピピ姉。あの円盤を撃ち落とすためには、まずどっかの地面に埋まってるトライポッドを掘り出さないと」まだ言ってるよ。

「そうじゃなくって」ポーレ君は汗だくだく。「お二人とも、莢ニンゲンにすり替わられてしまった本物の人たちはどうなってるか、心配じゃありませんか?」

みんな、今どこにいるのか。

「——そっか」

ピピはあらためて青ざめる。「もしかして、みんな死んじゃってるとか」

『エイリアン2』の犠牲者たちみたいに。

「いや、それはない」

ピノは自信満々で言い切った。

「うちの作者は、一作のなかで二十数人も人死にを出したことがあるくらい極悪非道だけど——」

反省しています。

「このボツで、そんな血なまぐさいことはやらねえだろ。『小説すばる』の品格が落ちるって、編集長に叱《しか》られちゃうし」

カラオケマイク片手に、あの大きな声でね。

「すり替えられた人たちは、あの円盤のなかに閉じ込められてンだよ」

「そう！　僕もそう思うんです」

『カウボーイ&エイリアン』みたいに。

「だから、どっちにしたってトライポッドを掘り出して円盤を攻撃しないと」

その考えを捨てろ。

「円盤を撃墜しちゃってどうするんですか」

「じゃあ、いいよ。この場で戦おう」

ピノは焦《じ》れてきた。「そこらへんのサヤインゲンたちみんなに、羽扇ビームの唸《うな》りを聞かせてやるよ」

勢い込んで立ち上がろうとするのを、ピピが首根っこを押さえて止める。

「早まっちゃダメよ。ここで大声を出して騒いだって、多勢に無勢でしょ」

路地を行くのは莢ニンゲンばかり。連中は既にサンタ・マイラに深く侵入している。この瞬間にも、新たな莢ニンゲンが誕生しているのかもしれない。

「それに、もしもあんたの想像どおり、すり替えられた人たちがあの円盤のなかに閉じ込められているんだとしたら、それって人質よ。あたしたちが下手《へた》に戦いを始めて、人質の命を危険にさらすことになったら、伝説の長靴の戦士の名折れじゃないの」

久々に、しっかり者の姉さんらしいピピだ。

「僕は、手がかりならあると思うんです」

ポーレ君はピノピに「寄って寄って」と手招きし、三人は頭を寄せた。おでこがコッンとぶつかり合う。

「コンボイ野郎のミーゴさんですよ。あの人を探しましょう」

「どうして？」

「現状、あの人だけじゃないですか。コピー元の本人と、莢ニンゲンがコピーした偽者が同時に存在しているのは」

おお、そうか。

「本物のウーラさんも言ってましたよね。僕らが街道で出会い、昨夜〈ジーノ〉で再会したミーゴさんが本物です。で、ボコられて倒れていて、僕らのことを覚えていなかった方が偽者ミーゴ」

彼に限って、なぜそんな事態になったのか。

「あの人は屈強ですからね。莢ニンゲンにコピーされたとき、抵抗したんでしょう。で、偽者ミーゴをボコって逃げ出したんですよ」

だから、本物と偽者が同時にサンタ・マイラにいることになってしまった。

「ちょっと気になるのは、昨日再会したとき、本物のミーゴさんも、莢ニンゲンのことは何も言ってなかったことですが……」

「オレらに飯をおごる約束は覚えてたのに」

「部分的に記憶を消されているのかもしれません。でも、偽者ミーゴにとっては、本物がそこらにいるというだけで困った事態ですよ。だからきっと――」

偽者ミーゴは、本物ミーゴを片付けてしまおうと企《たくら》み、近づいてくる。

眼鏡の奥で、ポーレ君の目がきらりと光る。「引っ捕らえてやりましょう！」

貨物専用蓄電自動車のドライバーを探すのだから、運送会社やその関連の場所をあたればいい。街路に掲示されている案内板を見ながら訪ねていって、三軒目であたりが出た。

ミーゴは〈大鉄屋〉にいた。そう、オリジナルロボッチ・アシモフの仲間のハインラインが働いている蓄電自動車整備工場である。だだっ広い工場のなか、大型、中型の貨物専用蓄電自動車が集められている一角で、作業服を着たチョビ髭《ひげ》のおっさんと話し込んでいる。

彼の巨体を見つけると、ポーレ君はすかさずマカメラを構えた。ピノピも固唾《かたず》を呑む。

ポーレ君はほっとため息。「本物です。一緒にいるチョビ髭のおじさんも人間です」

三人はミーゴに駆け寄った。足音に気づいて振り返ったコンボイ野郎は、

「おう、ちびっ子どもか。〈ジーノ〉は今日は休みだぞ」

話が済んだのか、チョビ髭のおじさんは背中を向けて離れてゆく。ついでに、傍《かたわ》らで計測機械みたいなものをいじっていたロボッチに声をかけた。

「おいギブスン、そっちはもういいから、タイヤの空気圧のチェックをしてくれ」

「きこきこ、きー」

軽い金属音をあげて働き始めるこのロボッチは、アシモフに比べるとかなりスリムでスマートな形状である。新世代機なのかな。

「ミーゴさん、実は、その」

さすがのポーレ君も、莢ニンゲンの話をどう切り出したらいいのか困っている。こういうとき、まったく困らないのがピノだ。

「おっさん、昨日、街道でオレたちと会った後、サンタ・マイラに着いて〈ジーノ〉に行くまでのどっかで、でっかい豆の莢に襲われたこと、ぜんぜん覚えてないか？」

ち〜ん。久々のこのオノマトペ、気まずい沈黙を表します。

ミーゴは右の眉毛《まゆげ》をぐいと持ち上げ、さらに右肩の筋肉を盛り上げると、右手の親指を立てて、その筋肉の山ごしに愛車をさした。

「ちょっと来い」

三人はたじろいだ。

「いいから来い」

ミーゴは先に立ち、愛車の後方へ回り込む。がちゃがちゃと金属音がする。扉を開けるつもりらしい。

「ピピ姉とポーレはここにいてくれ」

「いえ、僕は一緒に行きます」

ピピだけが前輪の傍らに残る。二人の少年は長い車体に沿ってミーゴのいる方に歩いてゆく。緊迫のシーンだ。

きこきこ。ギブスンと呼ばれたロボッチがピピのそばに寄ってきた。

「キキキ、ぴー」

「あ、ごめんなさい。作業の邪魔をしちゃってるのね」

ピピが脇《わき》に退《ど》くと、ギブスンはマニピュレーターを装備した両腕を伸ばし、タイヤに取りついた。

「そのタイヤ、パンクしてるの？」

「きりきり、プー、ぷりっぷる」

ロボッチ用アセンブラ言語・翻訳〈ギブスンだけに、パンクじゃないよ、サイバーパンクだよ〉。

くだらないことに行数を割いて申し訳ありません。

ミーゴの愛車がぶわんと上下に揺れた。コンボイ野郎がカーゴ部分に飛び乗ったのだ。

と、ピノとポーレ君が同時に叫んだ。

「わ！」

ピピは飛び上がりそうになった。大声でギブスンを驚かしてしまったらしい。きこっと静止して、ギブスンはピピの方を振り返る。

「ごめんね、何でもないの」

「きこきこ」

「ピピ姉、こっちこっち！」

片方だけ開いた後部ドアの向こう側で、ピノがしゃがんで手招きしている。

「早く来てみ！」

「な、何？」

「大丈夫だから、来てみ！」

おそるおそる、なぜか抜き足差し足になってしまって、ピピはピノに近づき、後部ドアの下をくぐり抜けた。そして立ち上がり、ピノが指さす先を見遣《みや》って、びっくり仰天。

「わわ！」

空っぽのカーゴのなかに、莢ニンゲンが一体倒れていた。ロープでぐるぐる巻きにされた上に、分厚い布のシートで覆われている。ミーゴはその脇に膝《ひざ》をつき、シートの上半分をめくって、

「まあ乗れや。ドアを閉めてくれ。なかで話そう」

三人がカーゴに乗り込み、ドアを閉めると明かりがついた。

「このなかなら、誰にも聞かれる心配がないからな」

こうしてあらためて間近に見ると、ミーゴは本当に大柄で身体《からだ》が分厚いおっさんで、しゃがんでいても、ピノピたちちびっ子の前に壁のようにそそり立っている。

「こいつは見た目のまんま、莢ニンゲンと呼んでいいのか？」

「ぼ、僕らも正式な名称は知らないんですけど」

ポーレ君は色を失っている。

「これ、死んでるんでしょうか」

「さあ、どうかな。俺は殺したつもりはねえが、こいつは塩気が苦手らしいんだ」

「塩気？」

ミーゴは、莢ニンゲンを覆っているシートをちょいと引っ張った。「この断熱シートは、俺が海産物を運ぶときに使ってるやつでな。長いこと愛用してたんで、塩気が染みこんでいるんだよ」

ピノはシートに指をくっつけ、その指を舐《な》めてみた。ホントだ、ほんのりしょっぱい。

「おっさん、機械部品専門のコンボイ野郎じゃないのか？」

「商売になるなら何でも運ぶさ。生ものの運送は利幅が大きいんだ」

でもそっちの商売はバイトというか、はっきり言って闇取引《やみとりひき》じゃないのかしら。いくら厳重に梱包《こんぽう》されているとはいえ、精密機械部品と同じカーゴに海産物を載せるのもまずいのじゃないかしら——なんてことを作者は考えますが、どうやらポーレ君も同じ意見であるらしく、

「それ、あんまり大きな声で言わない方がいいような気がします」と呟いた。

「ミーゴさんの車がここにあるってことは、調子が悪いんでしょう。それも塩気が原因では」

とんでもないと、ミーゴは憤る。

「ただの定期点検で預けてただけだ。それなのに、今朝方《けさがた》、愛車《こいつ》を引き取りに来たら、蓄電池を抜かれた上に、電気系統もめちゃくちゃに壊されててよ。そりゃもう目も当てられねえ有様よ」

「この青臭いヤツの仕業だな」と、ピノは莢ニンゲンをつんつん突っつく。

「だろうな。何だこりゃって、俺が社長を呼ぼうとしたら、こいつが上から降ってきやがったんだから」

莢ニンゲンとしては急襲したつもりだろうが、いかんせん相手が悪かった。

「そのときは俺とそっくりの姿形でな。気味が悪いのなんのって」

いいだけぶちのめして手持ちのロープで縛り上げ、人を呼ぶ前に逃げられては困るから、カーゴのなか、このシートの上に放り出したら、あら不思議。みるみるうちに、ミーゴの姿から大きなのっぺらぼうの莢に変わって（正確に言うなら戻って）しまったという次第であるそうな。

「ぐったりしてるけど、莢全体がきれいな緑色になってるわね……」

青物は、塩ゆでするると色鮮やかになりますからね。

「こいつら、いったい何なんだ？」

問われて、ポーレ君が、これまで判明した事実と、そこから導き出される推測を説明した。途中でピノが余計なちゃちゃを入れることはなかった。莢ニンゲン観察に夢中になっている。ねえピノ、突っついてみるぐらいはいいけど、つねっちゃ可哀相《かわいそう》だと思うよ。本体の莢の部分とは違って、塩気のせいでいっそうひょろひょろのしおしおにへたれてしまっている手足も、そんなに強く引っ張ったら千切れちゃうってば。

「円盤に乗ってきた宇宙人ねえ」

ミーゴは、先っちょが割れた顎《あご》を、ごつい指でちょいちょいと撫《な》でて苦笑する。

「ちっともそれらしくねえ。俺は、ひょっとするとこいつ、食えるんじゃねえかと思ったんだけど」

〈ジーノ〉のオーナーなら、適当なサイズに捌《さば》いて、旨《うま》い炒《いた》め物《もの》にしてくれるのではなかろうか、と。

「宇宙人を食っちまうと、銀河共和国の元老院が怒るよなあ」

これはミーゴ流の冗談なのだとわかるまで、ピピとポーレ君は二秒間ほど考えてから、一緒になってアハハと笑った。

ピノだけは蚊帳《かや》の外。まだ莢ニンゲンをいじっていて、ひょいとロープの一端を持ち上げる。

「あれ？　ほどけちゃったかな」

呑気《のんき》な声をあげた瞬間、莢ニンゲンが猛然と起き上がってピノにタックルした。そして一同が怯《ひる》んだ隙《すき》に、さっと取り出したのは、

「オカリナ？」

楽器のオカリナみたいな形のものを、ちょうど正面にいたピピの鼻先に突きつける。

ピピが反射的にぱっと伏せると、オカリナの丸っこい先端から甲高い発射音と共にレーザービームが飛び出し、ミーゴの愛車の後部ドアに丸い焦げ痕《あと》を残した。

「何しやがんだ、この野菜野郎！」

ミーゴがでかい拳《こぶし》で莢ニンゲンを殴り倒す。そのしおの力無い手からオカリナ型の光線銃が吹っ飛んで、ポーレ君がキャッチした。

「うぐぐぐ」

苦しげにうずくまる莢ニンゲン。

「わ、光線銃だ♪」

ポーレ君の手からオカリナを取り上げると、ピノはすかさず腰の羽扇を抜き、

「これでオレは二挺拳銃《にちようけんじゆう》だぁ」

喜んでおります。

「うぐぐ。な、何だそんなもの」

莢ニンゲンがしゃべった！ ピノはますます大喜び。

「オレのこの羽扇のことか？ こいつの威力を見てみたい？ リクエストされちゃったら、応《こた》えないわけにはいかないなあ」

「やめなさい」

ピピがピノを軽く張り倒し、莢ニンゲンの胸のあたりをどついた。

「あんたも何よ！　女の子の顔を狙《ねら》うなんてひどいじゃない」

「うぐぐぐ」

「その姿のままでも僕たちの言葉を操れるのなら、質問に答えてください」

眼鏡のレンズを光らせて、ポーレ君が身を乗り出す。ミーゴも鼻息が荒い。

「野菜野郎、おまえハダカのくせして、こんな銃なんかどこに隠していやがったんだ？」

「あら、これってハダカなの？　あたしはてっきり莢が宇宙服で、中身の豆が身体なんだと思ってたわぁ」

論点がズレていきます。

「まあまあ、お二人とも落ち着いて。バトルになると途端に、こんなの今までどこにしまってたんだよ？　というかさばる武器が現れるのは、ファンタジー系ＲＰＧ《ロールプレイングゲーム》では珍しくもありません」

いちいち突っ込まないのがお約束。

「どっかにファスナーがあるんじゃないの」

まだ莢ニンゲンの身体を検《あらた》めているピピ。莢ニンゲンが抵抗しようとすると、ミーゴがその頭（らしき部分）のてっぺんをむんずとつかまえて押さえつけた。

「あなたたちはどこから来たのですか」

莢ニンゲンは莢ニンゲンなりに、怒れる大男と、二挺光線拳銃でニタニタ笑うガキと、張り手のきっつい女子と比べたら、冷酷な目つきで尋問してくるこの眼鏡男子がまだしもまともだと判断したのだろう。ポーレ君に答えて、

「わ、我々の母なる星は、アルファ・ケンタウリ星団の第三惑星フォボス――」

言い終わらないうちに、ピピの張り手が飛んだ。「いい加減なこと言ってンじゃないわよ！　フォボスは火星の衛星！」

『DOOM《ドゥーム》』をプレイした人ならみんな知ってます。

「嘘《うそ》じゃありませぇん。わ、我々のぉ星もぉ、フォボスというのですぅ」

莢ニンゲン、泣きが入ってきました。

「ンじゃ、そんなへんぴなとこから何しに来たの？　怒らないから正直に言ってごらん」

「何しにって、ですから侵略に」

「やっぱりそうか！」と、また張り手。いますよね、「怒らないから正直に言ってごらん」と言って、正直に答えると怒るお母さん。

「ピピさん、暴力はいけません。ピノさんも、オカリナ型光線銃は持っててていいから、羽扇はしまってください。ミーゴさんに押さえててもらえば大丈夫ですよ」

押さえているだけでなく、ミーゴはもう一度念を入れて莢ニンゲンを縛り上げてい

る。

「茨ニンゲンさん、あなたの名前と所属・身分を教えてください」

「わ、わたしわぁ、ボッコニアン侵攻作戦第一方面本部、第二部隊所属のエージェントGでぇす。先遣隊の一員として、ここサンタ・マイラに潜入しておりましたぁ」

ミーゴがそのでっかくてごっつい顔をエージェントGに寄せると、喉《のど》の奥から唸り声を発した。

「なんで俺を襲ったんだ？　俺の愛車を壊したのもおまえか？」

「す、すみませぇん」

ピー、ポー。ピノが手にしたオカリナ型光線銃からきれいな音が出た。

「こいつ、本当にオカリナとしても使えるみたいだ」

横っ腹にいくつか穴が開いていて、それを指で押さえながらスリットのところに息を吹き込むと、音色の違う音が出るのだ。

「ピ、ポ、パ、ポ、ピー」

この五音、もちろん『未知との遭遇』のあの五音としてお聞きください。

「いろんなところから半端にパクりまくってる侵略者ね」

だからボツなんですよって、作者が説明しているうちに、エージェントGがへなへなとくずおれる。

「だったらピピ姉、こいつらやっぱ、どっかにトライポッドを埋めてるに決まってるって。掘り出しに行こ――」

ぐらり。カーゴに震動が伝わってきた。ピノは喜色満面。

「ほら！　この工場の下に埋まってるのが出てくるのかも」

「ンなわけあるか！」

ぐらぐらぐら。カーゴが傾いてゆく。ミーゴが足を踏ん張り、ピピとポーレ君はおっさんの太い腕につかまった。弛緩《しかん》したエージェントGが転がりそうになるのを、ミーゴが足で踏んづけて止める。

「なんだ？　外で何をしてる？」

「さっきはギブスンていうロボッチがタイヤの空気圧をチェックしてたけど」

慌てているうちにカーゴはさらに傾いて、ぐうっとバランスを崩しかけ、危ういところで元に戻った。

「うわわわわわ～！」

ひとかたまりになってバウンドする一同。と。カーゴの外から合成音声が聞こえてきた。

「テイコウはヤメロ。あなたタチはホウイされていル」

ミーゴ、ピピ、ポーレ君は互いにつかまり合ったり支え合ったりしながら顔を見合わせる。ピノはたまたま莢ニンゲン・エージェントGの下敷きになってしまい、一緒くたに断熱シートにからまっちゃって、青臭いわしょっぱいわでもう大変。

「どけよ、どけってば。うへ、臭《くせ》ぇ！　ぺっぺっ」

「すみませぇん、でもわたし、身体に力がぁ、入りませぇん」

カーゴの外からの呼びかけは続く。「オトナシクとうこうセヨ。エージェントGをヒキワタセば、キガイはクワエない。クリカエす。エージェントGヲひきわたセ」

カーゴの後部ドアが開放された。眩《まぶ》しい日差し。が、すぐそれを遮《さえぎ》って、何体かのロボッチのシルエットが浮かび上がった。そのなかにはギブスンの姿もある。

「とうこうセヨ。エージェントGをひきわたスのだ」

ピピはあっと声をあげた。合成音声を発している古びて傷だらけのロボッチの胸に、名札がついていたからだ。

〈ハインライン〉

「あんた、アシモフの友達でしょ？」

でもハインラインには発声機能がついていないと、アシモフは言っていた。

「どうしちゃったの？　いつからしゃべれるようになったの？　これ、何の真似よ」

矢継ぎ早に問いかけるピピの脇で、マカメラを目にあてたポーレ君が凍っている。

「まさか、そんな」

さあ、何が起きてるのでしょうか。ピノはエージェントGの下敷きで、青臭くてしょっぱいまんまの以下次節。ぺっぺっ！

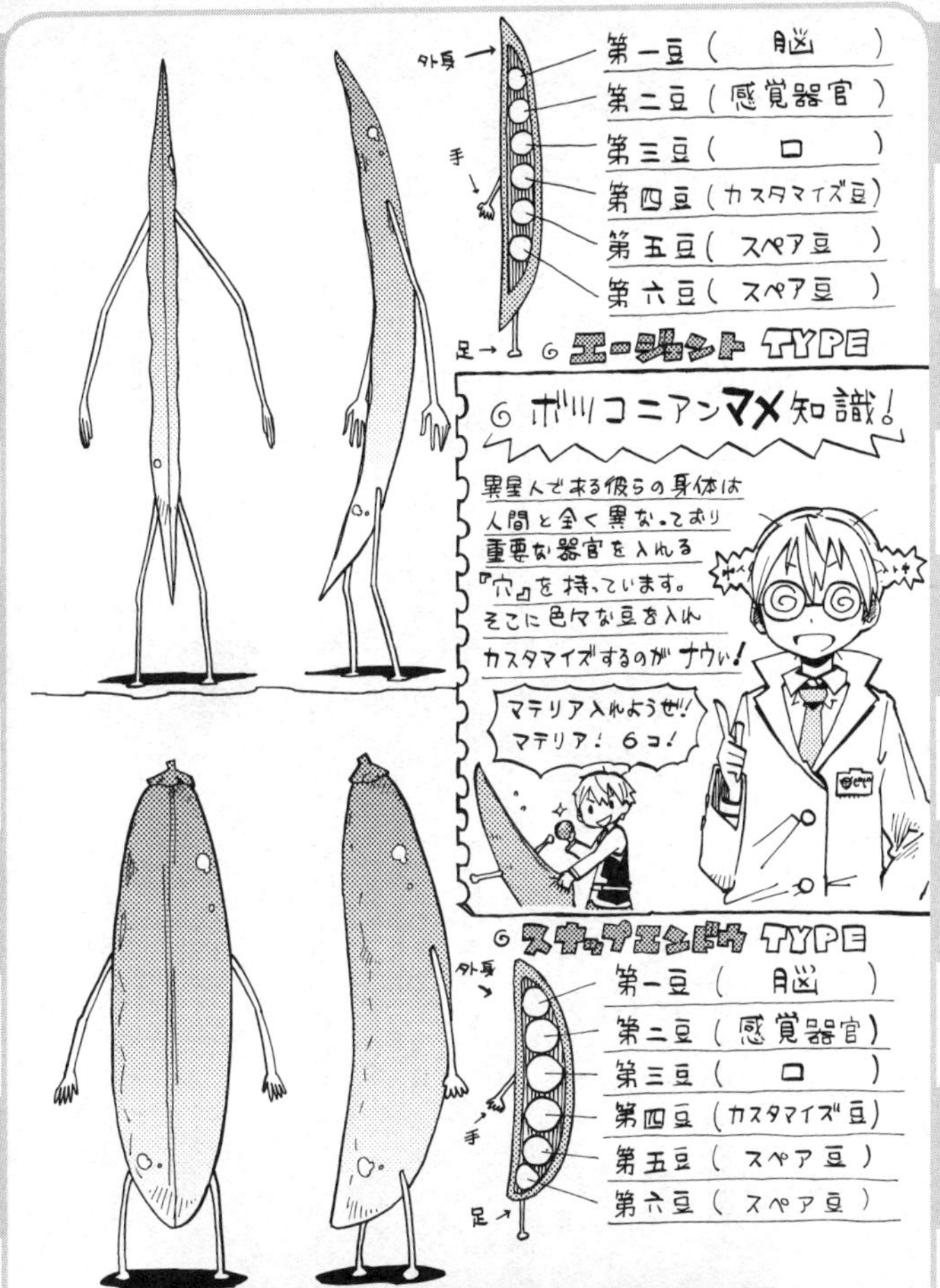

第８章
サンタ・マイラ代理戦争・３

ポーレ君はマカメラをいったん下におろし、素早く深呼吸してもう一度目にあてた。

そして呻《うめ》くように言った。

「ハインライン——これは予想外でした」

一人で何を深刻ぶってるのか。ピピは苛《いら》ついて舌打ちする。

「何が？ 自分の代表作『宇宙の戦士』が、ポール・バーホーベンの手で映画化されるなんて？ クラークは巨匠キューブリックと組んだのに、なんでオレはオランダから来たエログロバイオレンス監督が相手なんだって？」

作者はバーホーベンさんの映画、嫌いじゃないですけどね。

と、カーゴを包囲しているロボッチたちのなかから、怒りの声があがった。

「ワシをヨビステにするのはダレだ！」

あ、いるんだ、クラークも。

「うるせぇなあ、おまえら」

ミーゴがぬうっと立ち上がり、両手を腰にあてた。

「ロボッチのくせに、なんで急にしゃべれるようになりやがったんだよ？」

「それは彼らがロボッチではないからです」と、ポーレ君が答える。

「彼らも莢《さや》ニンゲンです。この工場のロボッチは、すべて莢ニンゲンにすり替わられているんですよ！」

ピピはポーレ君の手からマカメラをひったくり、覗《のぞ》いてみた。ホントだ。カーゴのまわりにひしめいているのは、ロボッチじゃない。莢ニンゲンばっかりだ。

「だけど、みんなエージェントGよりちょっとサイズが大きくない？」

「ぺっぺ！」

ピノはやっとこさ、そのエージェントGの下から抜け出した。「なんで急に脱力するんだよ、おまえ」

「すみませぇん」

エージェントGはしんなりと火が通っている感じ。食べごろです。

「はい。全体に丸っこくて、ぽっちゃりしてる感じがしますよね」

「わかった！」と、マカメラを覗きながらミーゴが大声で断言する。「種類が違うんだよ。こいつらはスナップエンドウなんだ」

お豆が大粒でみずみずしく、サラダでも炒《いた》め物《もの》でも美味《おい》しくいただけます。

「なんでもイイから、エージェントGヲひきわたせぇ」

ハインラインたちが声を揃《そろ》えて要求する。「エージェントGは、ワレワレのホリョだ！」

そのシュプレヒコールに、唐突にエージェントGが復活した。怒りも露《あら》わにがなりたてる。「生意気なことを言うな、この劣等種族めが！」

間髪《かんはつ》いれず、ピピの張り手が飛ぶ。「あんた、なんてこと言うのよ、失礼じゃない！」

「知るか、ぐわわわわぁ！」

ピピに襲いかかろうとするエージェントG。すかさず、ピノはオカリナ型光線銃をオカリナとして使用。

「ピ、ポ、パ、ポ、ピー」

エージェントGは、たちまちしおしお。今度は下敷きにならないようにその緑色のボディを避《よ》けて、ピノは手早く、あの塩気のきついシートで包み込んでしまった。

「やっぱそうなのか。こいつ、塩気と同じくらい、この五音にも弱いんだ」

莢ニンゲンたちの弱点？　でも、ロボッチに化けたスナップエンドウタイプの方は、何ともないみたい。

「ソウなのダ」

ハインラインが前に進み出てくると、マニピュレーターのついた腕をピノに向かって差し伸ばした。

「ソノこうせんじゅうも、われわれのブキなのだ。エージェントたちとタタカウため、ワタシがカイハツしたのデアル」

　この工場の機器と材料を使って、こっそり作ったプロトタイプ。

「きのう、ぬすみだされテしまったノデ、ずっとサガシテいたノダ」

「戦う……」

「サヨウ、ワレワレのかいほうドクリツせんそうナノである」

　解放独立戦争。なかなか重たい言葉だし、ハインラインの態度はリーダーよろしく毅《き》然《ぜん》としている。

　対するピノはヤンキー座り。ミーゴはシートに包まれたエージェントGの上にどっかりと座り込んでいる。あんまり礼儀にうるさくない大人と子供の組み合わせです。

「わかりました。でも詳しい話はどこか別の場所でしましょう」

　マカメラはポーレ君の手に戻り、彼はそれを目にあてて周囲を見回している。

「いつまでもここでロボッチたちが群れていると、怪しまれてしまいます。こうして見る限り、工場の人たちは誰もエージェントタイプ莢ニンゲンたちにすり替わられていないようですね」

　ハインラインが軽い金属音をたててうなずく。「ハイ。ワレワレがまもってキタからでアリマス」

ポーレ君は礼儀正しいので、ハインラインの応答も丁寧になります。

「ココは、われわれスナップエンドウタイプ莢ニンゲンたちのアジトになっているのデアります」

「んじゃ、まあおまえ、ハインラインか。乗れや」

ミーゴはちょいちょいとハインラインを指で招いた。

「愛車《こいつ》の修理は済んでるようだから、移動しよう。おいちびっ子、安全な場所に心当たりはあるか？」

ピノピは同時に答えた。「カイ・ロウ博士のとこ！」

ロボッチたち（実はスナップエンドウタイプ莢ニンゲンたち）の包囲の輪が解ける。

カーゴの扉を閉めようとして、ピピはギブスンを見つけた。

「タイヤの空気圧チェックは完了？」

「きこきこ」

「ねえ、あなたも本当はスナップエンドウタイプ莢ニンゲンなんでしょ。どうしてしゃべらないの？」

ギブスンは答えずに、きこきこきーと立ち去ってしまった。

ハインラインが代わりに言った。「ギブスンはへいわしゅぎしゃナノです。ほんしんデハたたかいたくナイのデス」

その葛藤《かっとう》の苦しみから逃れるために、彼は真のロボッチになりきってしまおうと、言葉を封印しているのだそうだ。

「う〜ん」

やっぱり、けっこう重たい問題だ。

「そのシートに触るなよ。ハインラインたちも塩分は苦手なんだろ？」

「ハイ。しかしワレワレは、エージェントタイプよりはたいきゅうせいがタカイ」

身が厚いからだそうです。歯ごたえがあって美味しいですよね、スナップエンドウ。でも作者は、普通のサヤインゲンもサヤエンドウも大好きです。


「塩、小さじ一杯！」

「うわぁぁぁ！」

カイ・ロウ博士の偽者は、ピピの味つけ攻撃に、たちまちエージェントタイプ莢ニンゲンの正体を露わにしてぐったりと昏倒《こんとう》。アシモフが腕のフォークリフトで、その身体をカーゴのなかに運び入れた。

「――ハインライン」

向き合う二体のロボッチ。

「どこカラどうみてもハインラインなのに」

偽者ハインラインは、のぺっとしたロボッチの頭部をかすかにうつむけた。申し訳なさそうに見える。

「でも、アナタはハインラインではナイ。ワタシにはわかりマス」

博士と同じだ、と言う。

「おしえてクダサイ。はかせはブジですカ。ハインラインはブジですカ。いまドコにいるのデスか」

問いかけるアシモフの合成音声に、悲しみの響きがあります。

「アンシンしてクダさい。エージェントタイプにラチされたヒトビトは、ぼせんにとらわれていマスが、イノチはブジです」

カレらはヒトジチですからと、ハインラインは説明する。

「エージェントタイプは、いずれオウトへのりこみ、ヒトジチをタテにシテ、このボッコニアンのりょうどのかつじょうヲセマルつもりでいるのデス」

領土の割譲を迫る。あのモンハン兄弟に。久々なので、皆さんお忘れでしょう。

「そうシテちじょうにキチをつくり、ほんかくてきなシンコウ・セイアツのじゅんびをととのえるケイカクです」

いきなり円盤からプラズマ砲を撃ちまくったりする予定はないらしい。

「そういうランボウなことをするト、かんきょうをオセンしてしまいマスから」

茨ニンゲンたちは植物系人間なので、清浄な環境でないと健康に生存できないのである。

「そもそもコンカイのシンリャクも、われらがぼせいフォボスにしょうわくせいがショウトツし、かんきょうがアッカしてしまったコトがきっかけデシタ」

二体のロボッチと、ピノピとポーレ君と大男のミーゴ、バラック裏手の物置の前に車座になって語り合うの図。

「そうすると、大本の原因はその小惑星衝突っていう宇宙的規模の災害なのかぁ」

「いっとき、続けざまにできたからね、その手の映画とかゲームとか」

そのなかに、ボッになってこの世界に送り込まれてきたネタがあるんだね。

「シカシ、そのサイガイによりエージェントタイプのシハイたいせいがゆらいだコトが、われわれスナップエンドウタイプにとっては、ジユウとかいほうをもとめるセンザイイチグウのコウキとなりましタ」

スナップエンドウタイプ莢ニンゲンは、プロトタイプであるエージェントタイプから品種改良によって生み出されたニュータイプで、フォボスでは二等市民とされ、主《おも》に肉体労働や単純労働に従事させられているという。

「フトウなサベツをうけてイルのデス」

重たいだけでなく辛《つら》い問題だった。

「エージェントタイプたちシハイそうが、ボッコニアンしんこうさくせんをリッアン、テイサツこうどうをカイシしたサイ、われわれもちょうほうカツドウをとおしてボッコニアンのじじょうをしょうあくシマした。そしてシッタのデス。ボッコニアンにも、ワレワレとおなじように、フトウにサベツ・コクシされているソンザイがあることヲ」

言うまでもない、ロボッチのことである。

「そこでワレワレもヒソカにボッコニアンにせんにゅう、ロボッチのリーダーとコンタクトし、きょうていをむすぶコトにセイコウしました」

スナップエンドウタイプ莢ニンゲンたちは、密《ひそ》かにロボッチたちに成りすまして勢力を拡大し、エージェントタイプ莢ニンゲンたちのボッコニアン侵攻計画をぶっつぶす。つまり、ボッコニアンの人間たちに味方することによって、平和裏に移民として受け入れてもらえるよう望んでいるのだという。

「ワレワレがボッコニアンにていじゅうがかなったあかつきニハ、すぐれたカガクぎじゅつをていきょうスルこともできマス」

どんな科学技術？

「タトエバ、このガッキがたこうせんじゅうノような」

オカリナみたいな光線銃ね。ちなみに、エージェントタイプ莢ニンゲンたちが、宇宙の平和と友好を象徴するこの五音「ピ、ポ、パ、ポ、ピー」に弱いのは、彼らが宇宙に戦乱といがみ合いをもたらそうとする邪悪な存在だからだそうです。

「なるほどねえ……」

ポーレ君が、話に聞き入っているうちにずり下がっていた眼鏡《めがね》の縁を押さえた。

「でも、あなたの言うロボッチとの〈協定〉って、ロボッチたちの側にはメリットがあるのかな？」

「このサクセンがセイコウしたラ、カレらは、ワレワレのうちゅうせんでフォボスにいみんするのデス」

植物系人間の生存には適さなくなってしまったフォボスでも、ロボッチなら大丈夫だ。

人間たちに使役される立場から解放され、自由で平等なロボッチの国を建てることができる。そこでロボッチ独自の文化を花咲かせることもできようというものだ。

「では、ホンモノのハインラインはイマ、アナタガタのボセンにとらわれているフリをしつつ、おなじタチバのナカマたちとトモに、ケッキのジキをマッテいるのですネ」

アシモフの問いに、ハインラインは大きくきこりとうなずいた。

「エージェントタイプたちは、ロボッチをただのキカイだとおもっていマス。ブッシをはこばせるタメにヤクダツからのせておこうと、ワレワレがまるめこみマシた」

時至れば、その機械たちが手に手に武器を取って立ち上がり、母船を制圧して人質たちを解放するというわけだ。

それにしても、「丸め込む」という表現が素晴らしい。莢ニンゲンたちは、異文化の微妙な言語表現に馴染《なじ》むのが早いのである。

「銀河の彼方《かなた》に新しく生まれるロボッチたちの国、か」

しみじみと噛《か》みしめるように呟《つぶや》き、蒼穹《そうきゅう》の彼方を仰ぐポーレ君。惑星移民は宇宙のマロン、じゃなくてロマンだ。

「ロボッチたちは、既に自分で自分たちを作ることができるようになってるんだから、充分に可能な話ですね」

うなずいてから、大事なことを思い出しました。「でもハインラインさん。サンタ・

マイラのロボッチたちはみんな、ガラボスという別の街で生産されてるんですけど」

「ハイ、しょうちシテおります。ですから、ワレワレのリーダーもガラボスにせんにゅうしてイルのデス」

ガラボスこそが、スナップエンドウタイプ莢ニンゲンたちの拠点なのだ。

「じゃあ、ガラボスは既に、あなたたちが掌握しているんですね！」

「ハイ。ヒソヤカに、かんぜんニ」

ガラボス市民は誰も気づいちゃいねえ。

ポーレ君は眼鏡の奥で目をまん丸にする。「凄《すご》いなあ。きっと、めちゃめちゃ切れ者の、優れたリーダーなんだろうなあ」

ピピが口を出す。「あたし、そのリーダーの名前をあてられるよ」

「は？」

「ジョン・コナーよ。決まってるじゃない」

ハインラインはきこきこと首を横に振った。「ワレワレのリーダーは、グレッグ・イーガンともうしマス」

「あら、知らないわ、そんなヒト」

イーガン信者の皆様、子供の台詞《せりふ》ですから、失礼をお許しください。

「ちなみにフクカンは、ジェイムズ・ティプトリー・ジュニアともうしマス」

陽気な大ボラふきの、バリントン・J・ベイリーという隊長もいるそうです。あ、当然のことながら、スナップエンドウタイプ莢ニンゲンたちの尊敬を集める長老、ジャック・フィニイ翁《おう》もおられます。

「バラードやクライトンはいないんですか」

「ソういうことヲいいはじめルと、ハナシがサキにすすまなくナルとおもいますガ」

はい、このくらいにしておきましょう。

「僕、オースン・スコット・カードも好きなんだけどなあ。最近、『エンダーのゲーム』が派手に映画化されたし。新しいところではコニー・ウィリスも――そうそう、伊《い》藤計劃《とうけいかく》は？　彼の名前は欠かせない！」

だから、きりがないからやめとけ。

「ていうかポーレ君、どうしてあなたが本当の世界のことを知ってるの？」

伝説の長靴の戦士じゃないのだから、神子《みこ》体質ではないはずなのに。

「そうですね」ポーレ君はにっこり。「きっと、ピピさんとピノさんに影響されてしまったんでしょう」

今さら念を押すまでもありませんが、このシリーズは、その程度のいい加減な設定で進行しております。

「おい、ちょっと静かに」

「隠れろ！」

SF好きのやりとりには耳を貸さず、羽扇《うせん》とオカリナ型光線銃をいじりまわして遊んでいたピノとミーゴが騒ぐ。

「どうしたの？」

「郵便配達が来たんだよ」

自転車をきこきこと漕《こ》ぎながら、郵便配達のおじさんがバラックの横手から現れました。

「いつものハイタツのじかんナノです」

アシモフが一同の前に出る。ピノピたちは物置のなかに隠れ、ハインラインは「たまたま作業しにきてます」ロボッチのふりをし、ミーゴは巨体を縮めてその陰に潜む。

「郵便だよ〜」

おじさんがアシモフに向かって声をかけてきた。愛想よく挨拶《あいさつ》してくれるってことは、おじさんはまだ人間——

そのとき、おじさんのすぐ背後から、エージェントタイプ莢ニンゲンが一体、襲いかかってきた。どうやら自転車の荷台につかまっていたらしい。

「わ！」

と、ひと声発しただけで、郵便配達のおじさんの姿は消えた。エージェントタイプ莢ニンゲンが身体の前面をぱかりと開き、そのなかにおじさんを呑《の》み込んでしまったのだ。

莢ニンゲンの身体が閉じると同時に、その輪郭がおぼろになり、次の瞬間にはもう、郵便配達のおじさんの複製《コピー》が完成していた。おじさんは何事もなかったかのように自転車を漕ぎ続け、幼稚園掛けした郵便鞄《ゆうびんかばん》のなかに手を突っ込むと、さも面倒臭そうに一束の郵便物をアシモフの足元に投げ出して、きこきことUターンして去ってゆく。

あまりの早業に、人間たちは唖然呆然《あぜんぼうぜん》。

「ワレワレのカラダは、ゆうしゅうなブッシツふくせいきのうヲもっています」

ハインラインが説明する。

「ドウジに、ブッシツしゅんかんてんそうきのうモもっています」

つまり、ターゲットを捕獲、拘束して瞬時に複製を作成すると、すぐさま複製元の人間を母船に転送してしまえるというわけ。

超効率的。超科学。ご都合主義でインチキくさいことこの上なし。まあ、このシリーズはこの程度の設定で（以下略）。

「――凄い」

素直に感嘆するポーレ君。他の登場人物よりはずっと冷静で賢明な彼も、しょせん、このいい加減な作者のアタマから出てきた人物ですからねえ。作者の言いなりなのよ。

「素晴らしい！　ああやって、何でも複製・転送できるんですか？」

「トウショは、このカラダのサイズにあうものしかできマセンでした」
言って、ハインラインは心持ち胸を張った。「シカシ、ワレワレかいほうグンのギジュツシャは、ガラボスにせんにゅうご、このふたつのキノウをぶんり・どくりつさせ、ガラボスのゆうしゅうなこうさくキカイにくみこむことにセイコウしまシタので、ゲンザイでは、ビルディングほどのサイズのブッタイまで、フクセイ・テンソウがカノウでありマス」

　エージェントタイプ莢ニンゲンたちは、この新技術の存在を知らない。

「デスから、ホウキのときたれバ、ワレワレはガラボスから、イッシュンのうちにおおくのドウシたちとブキをこのマチにテンソウし、チジョウのエージェントタイプたちをセイアツすることができるハズです」

　まさに電光石火の急襲になるわけだ。
と、ここでピノが急に顔をしかめた。

「それってつまり、ガラボスとサンタ・マイラのあいだで、いろんなものを瞬間移動させられるって意味か？」

「ハイ、そうモウシあげておりマス。ワレワレはシンチョウにジッケンをくりかえし、ゲンザイではそのセイコウリツは九〇パーセントいじょうに――」

「でも、何度か失敗してねえか？」

ピノ、何が言いたいのと一同は訝《いぶか》る。が、ハインラインは気まずそうにそわそわする。

「どうしたの、ハインライン」

「は、ハイ……」

ピノはハインラインにすり寄ると、そのボディをつんつんした。

「物質瞬間転送機ってさ、どういう仕組みになってンだ？　二地点を瞬時に結びつけるためには、異次元を通過するんじゃねえの？」

「は、ハイ……」

「そうするとさ、途中で異次元のものを拾っちゃったりしねえ？」

そこまで聞いて、ポーレ君がハッと理解した。「そうか！　街道に現れたモンスターですよ、ピピさん。ミーゴさんも言ってたでしょ？　最近、ああいうモンスターが突然どこからともなく現れるって」

「あらまあ」と、ピピは呆《あき》れる。「あれって転送事故だったの？」

「おまえら、ガラボスでモンスターを作ってサンタ・マイラに飛ばしてたのか？」

怖い顔で凄むミーゴの理解はズレています。

「いや、違うんだよ、おっさん。あのモンスターはクトゥルー系の皆さんのお一人で、もともと異次元に住んでるんだ」

ハインラインが申し訳なさそうに補足する。「がいウチュウにもおりマスが……」

「ハインラインたちが作った物質瞬間転送機は、異次元を通り抜けるルートをこしらえるもんだから、そのルートを通って、ああいう皆さんが紛れ込んできちゃうことがあるんだ。だから事故なのさ」

そこに道があるならば通ってみよう。モンスターにも、その程度の好奇心はあるわけですね。

「サイショのザヒョウけいさんのサイに、ササイなケイサンちがいヲしまして、そのケッカ、ワレワレのひらいたルートが、イジゲンのなかでモもっともキケンなゾーンをよこぎってしまったのデス」

ハインライン、さらに申し訳なさそうに弁解する。

「セッケイしゃのヒトリが、ユウシュウなカガクシャなのですガ、ときどきドラッグでへべれけにナルわるいクセがありまして……」

ポーレ君は即座に納得。「なるほど。ディックっていうんでしょう、その科学者」

「何だよ、はた迷惑な話だなあ」

怒るミーゴに、ハインラインは平謝りだ。

「よくよくチュウイするようにいたしマス」

「ったく、頼むぜ、おい」

コンボイ野郎がハインラインの背中をぱちんと叩《たた》き、それで済んでしまうところがボツコニアンでございます。

「いろいろと謎《なぞ》が解けましたね。ああ、よかった」

「よくないわよ」

今度はピピが怖い顔をしている。

「何がよくないんだよ、ピピ姉」

ピピは深くため息をついた。

「あんたたち、状況がわかってる？」

「わかっているつもりですよ」

「当面、オレらはヒマなんだ」

エージェントタイプ荚ニンゲンたちのサンタ・マイラ侵略を食い止めることがこのステージの目的で、エリアボスはあの〈『宇宙戦争』級どら焼きタイプ空飛ぶ円盤〉か？と思いきや、それはぜ〜んぶスナップエンドウタイプ荚ニンゲンたちと、ロボッチたちが引き受けてくれるというんですからね。だから章タイトルも〈代理戦争〉なわけよ。

「このまま静観していれば、スナップエンドウタイプ荚ニンゲンさんたちは解放され、ロボッチたちは新天地を見出《みいだ》し、エージェントタイプ荚ニンゲンたちのボッコニアン侵攻は失敗するんです。楽チンじゃないですか」

「それがよくないって言ってるの！」

伝説の長靴の戦士の出番がない。

派手なバトルがない。

回廊図書館の鍵《かぎ》をゲットできない。

「サブイベントからこっち、こんなくっだらない話を長々と続けてきて、何の成果も上がらないっていうの？」

まあ、人生は往々にしてそんなもの。

「作者ものんびり構えてンじゃないわよ！　みんなあんたのせいじゃない！」


ちゅどん！


突然、サンタ・マイラの街の中心部に眩《まばゆ》い閃光《せんこう》が走り、それに続いて激しい爆発音があがった。

「な、何だ？」

ミーゴが立ち上がり、ピピはその背中をよじのぼって肩車してもらう。ピノはアシモフに、ポーレ君はハインラインの肩に乗る。そんなことをしなくても、それは巨大だから、遠くからでもよく見えるのですが。

「ありゃ何だ」

あれもモンスターなのかと、問いかけるミーゴの声がちょっと上ずっている。ピピは目を瞠《みは》り、ポーレ君は眼鏡が落ちそうだ。

「あれは、新生ボッコちゃん？」

丸い頭部に、くねくねと攻撃的な動き方をする脚が三本。

「あたしたちを追いかけてきたの？　で、また暴走してるの？」

いえ、あれはボッコちゃんではありません。

「ピノさん、あれ――」

ポーレ君が声を震わせる。ピノの顔には、開けっぴろげな喜びの表情が浮かんでくる。

「うん。間違いない！」

「異次元には、あんなものまで？」

「ボツの異次元なんだから、存在してたって不思議はねえだろ」

「何言ってるのよ、ピノ！」

ピピが叫んだとき、また閃光。サンタ・マイラ上空の虚空から、それが次々と出現してくる。スナップエンドウタイプ莢ニンゲンたちが開いた異次元のルートを通って、ボツコニアンへとやってくる――

〈それ〉とは何か？

ピノは手を叩いて躍り上がった。

「**トライポッドだぁ！**」

もちろん、製品版ではありません。

「ラフスケッチの段階でボツにされたバージョンだよ！」

嘘《うそ》ばっか。

「よし、やっつけるぞ～！」

という展開で、もうさっきのＳＦ作家ネタを引っ張れませんので、ここでアシモフにちょっと発言させてやってください。

「アリガトウございます」

さあ、どうぞ。

「ワタクシはコマツサキョウのファンです」

第五巻に続きます。

巻末ふろく

宮部みゆきの突撃！

トリセツに逆インタビュー

『ボッコニアン』をご愛読いただいている読者の皆様、こんにちは（ぺこり）。作者の宮部みゆきです。

この連載が何と四十回目に到達したということで、担当のクリちゃんが「めでたいので何かやってくださいね」とニッコリ要求するので、何かやることにいたしました。

①優秀な編集者は、この〈ニッコリ要求〉スキルが高い。

「どうして四十回がめでたいの？」

「だって、まさか四十回まで続くとは、誰も思わなかったじゃないですか。あ、この〈誰も〉は前編集長と現編集長ですよ。わたしは勘定外です」

②優秀な編集者は常に上司を立てる。

「だけど、何をやったらいいのかなあ。余計な文章を書くより、タカヤマ画伯にイラストを描きおろしてもらったらどうかしら」

「タカヤマさんは最近、本業のコミックが忙しいんですよ」

③ミヤベと組んでくれる若手の絵描きさんは、その後売れっ子になる（これ本当です。実績があります）。

「それってミヤベさんに鍛えられるからですかね？」

「わたくしの注文に応じられるくらい頑張れるならば、ほかのどんな困難にもめげなくなるわけね」

「そう、そのとおりです」

「わたくしの〈ワガママな〉注文に」

「自分で正しい注釈を加えてくれるなんて、さすがですね！」

④優秀な編集者は、どんな作家でも良いところを見つけて褒める。

「ところで、あの大きな声は？」

「編集長が鼻歌をうたってるんですよ」

『小説すばる』が好調だから、上機嫌なんですね。今年の新人賞には、千四百編を超える応募があったそうですよ。

「ミヤベさん、細かいことをよくご存じですねえ」

「わたくしは全知全能でございますからね、クリハラさん」

じゃじゃ〜ん。ミヤベのかぶりものを脱ぎ捨て、なかからトリセツが現れました。

「何だ、トリセツさんだったんですか。こんにちは」

⑤優秀な編集者は、ほとんど全ての出来事に動じない。

「はい、こんにちは。クリハラさん、わたくしに何かお尋ねがあるとか伺いましたが」

「あ、はい。この先のストーリー展開について、ちょっとヒントをいただけたらと思いまして……」

「ヒントも何もあなた、回廊図書館の鍵《かぎ》をあと四本見つけるんですよ。それだけでございます」

「いえ、ですから、どうやって見つけるんでしょうね？　次はどんな冒険がピノピを待ち受けているのでしょう」

「ふふん……」

トリセツ、もったいつけて考えるふり。

「では、少しだけ情報開示《グラスノスチ》を」

「お願いいたします」

「サブイベント『カイロウ図書館』は、〈サンタ・マイラ〉という街が舞台になります。この街の名前は、アメリカの作家、ジャック・フィニイの『盗まれた街』という長編ＳＦからいただきました。『ボディ・スナッチャー』など、タイトルを変えて四度も映画化されている傑作小説ですから、ご存じの皆様も多いことでしょう」

「へえ～」

「以上、おしまい」

「え？　これがヒントなんですか？」

「そうです。ボディ・スナッチャーといったらあれですからね、あれ」

「あれ」

「はい、お楽しみに」

「……トリセツさん」

「何でしょう、クリハラさん」

「トリセツさんはどうしてそんなに役立たずなのですか？」
⑥優秀な編集者は、言うべきときには言うべきことをはっきりと言う。
「〈役立たず〉はわたくしの固有スキルなのですよ、クリハラさん。作者の〈腰痛〉と同じです」

「郭嘉さんの男前波動砲も同じですね」

「あれは〈あへあへ波動砲〉ですよ。お間違えなく」

「はあ。そうすると、〈役立たず〉スキルが絶大な効果を発揮する局面が、いつかはやってくるというわけですね？」

「そのように期待してよろしいでしょう」

「では、もうひとつお伺いします。羊司書のポージーさんの正体は……？」

「クリハラさん、『熱川バナナワニ園』と三度繰り返して言ってください」

「え？　アタガワバナナワニエンワナナバニエンバニワナナエン――」

「惜しい！　アウトです。ちゃんと言えるようになったら、ポージーさんの正体をお教えしましょう」

「わかりました。練習します」
⑦優秀な編集者は、常に努力を惜しまない。
「魔王の正体のヒントもひとつ……」
⑧優秀な編集者は、何げに押しが強い。
「あらまあ、そちらはもっと簡単ですよ。勘のいい読者の方なら、もう見当がついているでしょう」

「え～！　わたし、ゼンゼンわからないんですけど」

「一巻と二巻を読み返してごらんなさい。バレバレですから」

「でも、ミヤベさんはミステリー作家ですよ。そんなバレバレなことを書くでしょうか」

「あのヒトを普通のミステリー作家と一緒にしてはいけません。あのヒトの頭はざるです。自分の書いたことを、次から次へと平気で忘れるのですからね」

「そうかなあ」

「試みに、あのヒトが十年前に書いた長編ミステリーを本人に渡して、途中まで読ませて、『犯人は誰ですか』と質問してごらんなさい」

――わかんない。

「と答えるに決まっていますから」

「忘れちゃってるんですか？」

「忘れちゃってるんです。しかも、推理して当てることもできないのです」

実話です。

「あのヒトが自作のドラマ化を喜んで熱心に観《み》るのも、筋を忘れているからです」

実話です。

「おっと、ひとつ訂正。長編に限らず、短編でも同じことが言えます。というより、短編の場合はもっとひどい。書いたこと自体を忘れていますから」

実話です。

「わたし、タイヘンな作家を担当しているんですねえ」

「クリハラさんも、だんだんと現実の厳しさを認識してきたようですね。結構なことです」

⑨優秀な編集者は、厳しい現実に鍛えられてさらに成長する。

「もしかするとミヤベさん、『ボッコニアン』のこの先の展開も忘れちゃってたりしませんかね……」

「大いにあり得ることですね」

「やっぱり！　じゃあわたし、今のうちにミヤベさんから聞き出しておきます。記録を残しておけば安心ですものね」

「チッチッチ」

「――トリセツさん、歯のあいだに何かはさまったんですか？」

「今のは舌打ちの音です。クリハラさん、何を水くさいことを言ってるんですか。作者がストーリー展開を忘れたときのために、このわたくしが存在しているのですよ」

「じゃ、トリセツさんが覚えてるんですか」

「はい、完璧《かんぺき》に」

ト書き〈編集者クリハラ、ここでしばし思案する。やがてポンと手を打つ〉。

「そっか！　だからトリセツさんは役立たずなんですね！　ミヤベさんも、さすがに現在連載中の作品のストーリー展開を忘れるはずはありませんから、記憶係のトリセツさんは無用の長物。役に立たずに存在していることに意味がある、と」

「あなたは本当に優秀な編集者ですね、クリハラさん」

「ありがとうございます。ではトリセツさん、インタビューのお礼に、今日はわたしがランチをご馳走《ちそう》します。神保町《じんぼうちょう》にお好きなお店はありますか？」

仲良く出かけていくクリハラ&トリセツコンビでありました。

「あれ？　クリちゃんはどこかしら」

ト書き〈きょろきょろするミヤベ、携帯ゲーム機片手に登場〉（ちなみに最近はサルのように『立体ピクロス』をやっています。ハル研の傑作パズルだ！）。

「先月、『来月はこんな話になるよ』ってしゃべったときのメモを見せてもらおうと思ったのになあ……」

忘れちゃったんですよ、今月の展開。

「まあいいや。クリちゃんが帰ってくるまで、ゲームしてようっと」

ピコピコ、ザクザクザク（このザクザクという擬音の意味は、『立体ピクロス』をプレイすれば判明します）。

ト書き〈ゲーム音にかぶり、編集長の大きな鼻歌が聞こえてきて、フェイドアウト〉。

『ＯＮＥ ＰＩＥＣＥ』のおかげで、集英社は今日も平和です。

「ＬＯＧシリーズ」の続きを早く出してください（ぺこり）。

宣伝
ボッコニアンの特集なのに主役2人の扱い悪くね？
出番4コマだけだもんね
でもピノ！
主役ってのは最後をビシッと決めてこそなのよ！
既刊の宣伝ビシッと決めちゃお
!!
パァー
ピピ姉！
ONE PIECE LOG シリーズ！
発売中！
ONE PIECE
ONE PIECE
決められませんでした。

集英社文庫

ここはボツコニアン 4 ほらホラHorror《ホラー》の村《むら》

2016年9月25日 第1刷 定価はカバーに表示してあります。

著 者 宮部《みやべ》みゆき

発行者 村田登志江

発行所 株式会社 集英社

東京都千代田区一ツ橋2-5-10 〒101-8050

電話 【編集部】03-3230-6095

【読者係】03-3230-6080

【販売部】03-3230-6393(書店専用)

印 刷 凸版印刷株式会社

製 本 凸版印刷株式会社

フォーマットデザイン アリヤマデザインストア マークデザイン 居山浩二

本書の一部あるいは全部を無断で複写複製することは、法律で認められた場合を除き、著作権の侵害となります。また、業者など、読者本人以外による本書のデジタル化は、いかなる場合でも一切認められませんのでご注意下さい。

造本には十分注意しておりますが、乱丁・落丁(本のページ順序の間違いや抜け落ち)の場合はお取り替え致します。ご購入先を明記のうえ集英社読者係宛にお送り下さい。送料は小社で負担致します。但し、古書店で購入されたものについてはお取り替え出来ません。

© Miyuki Miyabe 2016 Printed in Japan

ISBN978-4-08-745490-1 C0193